性意思史

張亦絢

推薦語

如果我有女兒，我會送《性意思史》給她，作為青春的禮物，這樣她就可以看到性的各種面貌：可愛、好笑、好玩、迷人、悲傷、可怕、荒涼、療癒……（是的，性就像人一樣，是很複雜的哦。）但是我沒有女兒，所以我把《性意思史》送給自己心中的少女，這青春的禮物，來得一點都不遲。

——作家　林蔚昀

文體如身體，羨慕張亦絢「永不出櫃」的衣櫃有那麼多身體，層層疊疊，鬆鬆緊緊——這說的是皮膚，或者文字，她卻永遠在乎並企圖更深：表面的裡面，上面的下面，後面的前面，畢竟，「沒有一個性，是與另一個性，一模一樣的……」身體也是。

讀《性意思史》，感覺書中所要顯露的，並非色情，而是知情。與身體有關的記憶及政治，全都在小說所允許的誠實中滔滔掏出。這絕不是容易的事。一如我們對待自己身體常有的陌生或漠視，挖掘性欲的手勢也可能跟日常扒飯一樣潦草了事，如何竟可以看穿自己和性欲、和他人之間，那道實存的「隱形牆」？

知情更淫。她所能見，所欲見，所呵護，所對抗，是時間向所有人敞開卻未有人曾牴觸（或觸而未覺，無法以文體或身體留下敘事）的洞穴，穿過明暗迂迴的獸徑，她一次次徒手交回，對我而言極其貴重的啟蒙：性亦是死。在「一朝一命」，各種各樣的小死亡之後，唯有歷劫歸來的人，才能冰清玉潔地說：「性，乃妳的心，加妳的生。」

這是一本沒有人寫過的心的故事，也是一本沒有人該忽略的生的斷代史。

——詩人　孫梓評

當人們讚美女人很「知性」，往往是藉此取消她的身體。當人們說這女人很知「性」，太知道性，一下又太多身體，是小男生總愛彼此幹拐子擠眉弄眼傳耳語。張亦絢這批小說讓兩者並置，並讓他們互相抵消，豈止「知性」，更能知「性」，不多不少還原最初的身體，其實是不黏不膩還原最初的性。如果整個人類文明演進只為了傳達一件事情，知「性」近乎恥。那張亦絢的小說做到一件事情：知恥。近乎勇。她指出世界是怎麼寫出這個大大的恥字，但知恥是一回事，那又怎麼樣呢？把句號打上，把身體打開，《性意思史》讓羞恥的變勇敢。讓終於勇敢起來的，別因此羞愧。

——作家　陳栢青

談性似乎沒什麼了不起，但我們其實從沒真正在談，我們在怕。只是畏懼的是性，還是生命的重量與心無法真誠？

——文字工作者　諶淑婷

目次

前言

出現在這本小說集中的，是我在心裡放了非常多年的素材，也是我非常在乎的東西。

原本這個出版計畫很可能隨我高興，一再延宕。二〇一七年四月二十七日小含（林奕含）離世，我有許多私人感情上的傷痛，因為過於私人，除了在特定的日期，如她的生日等，我盡可能與這段記憶稍事隔離。對於後續的大部分議論，我也選擇沉默。現在究竟算不算對該事件的回應？嚴格來說，我認為不算。因為真正完整且嚴肅的回應，不是一本書，甚至也不是一個十年就可以做到的——這是我的看法。或許將來有賴比我更堅強的人來投入，也不一定。但這個事件的影響是，使我感到為少女而寫（但也並不排斥其他讀者），為性處境而寫，有其刻不容緩的急迫性。文學的作用有時在直接，有時在間接——我會把它當作間接回應的一種。如果有人因為此書的一行一字而略有收穫，將它視為林奕含的遺澤，我也會非常感激地與您握手。這個部分，我就說到此為止。

現在檢視我多年儲備的原料，大約只用了十分之一，仍然割捨了不少。割捨的原因多為書寫結構。自我檢禁的部分，我盡可能鍛鍊了勇氣與臉皮，不讓它以某種刪節版的面貌出現。

成篇最早的〈淫婦不是一天造成的〉，是應《金瓶梅同人誌》企畫的邀稿寫成，收在聯經二〇一六年出版的《金瓶梅同人誌》一書中。計畫的提議，記得是讓我們寫成一篇以蘭陵笑笑生《金瓶梅》人物為底的新小說。寫小說之前，當然把這本兒時讀物又讀了一遍。小說〈淫婦不是一天造成的〉中的潘金蓮與白玉蓮，都是原來《金瓶梅》中就有的人物。

我也嘗試讓武松與武大在現代小說中得到一瞥，不過武大是以綽號「拿破崙」的美術老師現形，我有真實人物作底，寫起來非常得心應手——剛剛我翻開看到「拿破崙」三個字，嚇一跳又笑出來：這誰啊？真實人物原來的綽號才難聽，我重新給了她「拿破崙」這個稱號，對原始《金瓶梅》的文本與我手上的素材，都做了對話與文學性的必要修改。也寄託了我的翻案柔情。這篇刊出後，有中文系的女大學生（同時也是很優秀的年輕小說家）寫信告訴我，喜歡讓白玉蓮入鏡的選擇——在這裡提一下，主要是說，熟悉《金瓶梅》或中文系的讀者，會因為互文性而有不同讀法：但對不顧互文性的讀者，也無礙閱讀就是。

〈四十三層樓〉則是回應「字母會」的企畫寫成。收在二〇一八年衛城出版《字母會Q任意一個》中，出版之前曾在《自由副刊》刊載，阿尼默畫了有趣的插圖——但是細節上和小說會有所衝突，關係到窗子的構造，這部分我倒是很講究寫實的。——「字母會」的資料非常容易查到，我就不深入說明。但補充一事，就是因為我有些迷糊，以為小說除了對照「任意一個」的概念外，也要呼應Q字母的造型，因此我是從「窗子外吊了一個人」這個意象開始發想的。後來才知道，這就叫做「想太多」——但這誤解並不壞。〈性意思史〉既是十二篇文本也是一個作品，是二〇一八為期一年，刊登在《聯合文學》的專欄。原初我的設想是帶有一點連載意味外，但也要使從任何一個月突然翻開閱讀的讀者，沒有太大困難。以上就是一些外緣，如何刺激創作誕生的回顧。

此外，幾個月前《九歌107年散文選》來信詢問，是否同意將〈性意思史〉的首篇〈路易想到她們的下面〉收於散文選中，我吃了一驚。近年對於「何謂小說？何謂散文？」有許多爭論。我也有自己的想法——文類的認定只要認定者有其邏輯，實是不妨多方參考不一樣的邏輯。我的思考也經過不同的歷程與演變。不過，因為寫作之初，就是以小說連作的方式在進行，所以在自己的書中，就還是說明一下，在我的觀點裡來看：這都是小說。是將虛構的精神擺在紀實之前的作品。

〈風流韻事〉原是想延續〈性意思史〉的筆調，但加入教育小說沒有的硬蕊（？），並小小顛覆一下傳統「風流韻事」的概念。——可我寫小說就像扶乩，最後出來的顛覆，連我自己都嘆氣：不是說只「小小的」顛覆嗎？我禁不住要掩面偷笑：終於寫到可以身敗名裂的小說了。身敗名裂就是小說的本業，雖知會對現實生活造成困擾，但也只能這樣。還能怎樣。

性也是很猙獰的，而且不是他人的性才會猙獰。如果沒有這部分，我始終感到誠實有虧。

從〈性意思史〉起筆到完成，每回我都對自己說，該寫到「醬油」了。但寫了十二個月，「醬油」還是原封不動，倒不出來。倒不出來就是倒不出來——到寫〈風流韻事〉，「醬油」自然流出來時，我真是大喜過望。因為「醬油」如果是在〈性意思史〉出現，勢必會成完全不一樣的面貌。我很高興它在〈風流韻事〉中，我很高興有了〈風流韻事〉。〈風流韻事〉是目前為止，最接近我理想中「小說的樣子」——就是沒有樣子。我畢竟深愛太宰。

二〇一九年四月十四日

淫婦不是一天造成的

01

「誰可以扶我過馬路？」一個聲音嘶喊著。

「我可以！」我很快「報名」。

扶盲人，方法與扶老人病人都不同，這是我從書上讀到過的，但從沒想到這種知識會派上用場。我擺出正確的姿勢，放慢腳步，把手臂借給他。

走快到馬路對面時，男孩突然放聲問：「我剛下課，妳也剛下課嗎？」

我呆了呆，一時不知如何應對。本想開玩笑說：「我是個老婆婆，早就不下課了。」——但這似乎有戲弄盲人之嫌。他看不到，所以才會用問話問一個，一般人早就不會問我的問題。沉默太久，對他來說，是否形成不明就裡的空白？我趕緊回答：「嗯啊欸，我不是剛下課，剛辦完事。」然後反射性地，我朝他的臉看去，想要交換一個眼神——他的臉看上去如岩層。不過也可能是我不常與盲人說話的關係，不懂看——當一個人看不到另一個人時，是否會覺得，有必要流露出表情？這之後，我看著他的白色手杖敲在他熟悉的領域，我才轉身離去。

真沒想到，年近半百，還是我第一次與盲人交談。學生時代，我曾在國外一個據說是無障礙空間的模範城市待過。有回我去看電影，電影院裡就坐了二十多個滑輪椅而來的觀眾。一個重殘導演導的片。內容不記得，但主題與身障者的性權有關。

盲人——顧名思義，就是看不見的人，不過，從我總是先「看不見他的看不見」一事來說，我的慢半拍，大概更像另一個大盲人。看見看不見，不完全是眼睛的事。

當天晚上，我輾轉難眠，想起潘金蓮。

02

潘潘常說，她和我之間，存在著特殊的心電感應。我看這多半是無稽之談。要真有心電感應，我應該很輕易就能把考卷上的答案傳送給她，她就不會老吊車尾，而我也不必時不時被導師叫去嘮叨：「白玉蓮啊，妳和潘金蓮那麼好，怎麼就沒影響她用功？她快沒高中可唸了！妳也想想辦法。」導師不知道的是，潘潘不是不用功。有回掃除，我和她一起去倒垃圾，路上潘潘就對我說：「每天都讀到大半夜。但為什麼，成績出來，就都是最後一名？」她指指我們中間的大垃圾袋：「大家看我，比這還不如。」我聽了傷心，我們一起停了下來，蹲在操場角落上哭。月經來時我總比較虛，當時我眼前一黑，竟就暈了過去。醒來時，已經在保健室裡。事後潘潘說：「以為妳會死啊，一面叫一面跑，跟觀世音菩薩發了好多重誓。」我問她發什麼重誓，潘潘不肯說。

幾個星期天，我開始約潘潘去圖書館唸書。然而所謂她成績略有起色，不過是從倒數第一上升到倒數二或三。我有點怨她。我認為，若不是她那麼熱心要在圖書館看帥哥，名次可以衝到更前面。但潘潘說她需要一點調劑，不然會瘋掉。不久，我對該怎麼幫潘潘一事，想法倒是有些改變。

說到這改變，就不能不提拿破崙。拿破崙是我們的美術老師，而她所以會有這麼個威風綽號，不是因為我們佩服她，而是因為她又矮又不得人心。「她以為她拿破崙啊？」不知哪個缺德鬼這樣開始嘲笑——術科老師在升學班上全無地位，因此不甘心，而會嘲諷我們的也不只拿破崙，但大家特別嫌惡她，還有另個原因，就是拿破崙全無我們說的女人味。不過，就算再過幾年，袁詠儀會在《金枝玉葉》中大放異彩，那對拿破崙也不會有幫助。依我看，拿破崙的問題，不在於她老穿一身男裝，而是她的人就是，哎，一副剛被狗啃過的樣子。

都國三了，本該識相地不要我們交作業，但是拿破崙偏不甩潛規則，吵嚷幾場過後，大家都敷衍地交了差。發還作品時，拿破崙還對我們全班──除了潘金蓮以外，大大發飆。「白玉蓮，做班長的也沒做榜樣，第二高分，五十九，讓妳及格？除非我沒良知。」她繼續譏評，而我們都打算忍耐她。聯考又不考，誰計較呀？誰是潘金蓮？在罵人的尾聲中，拿破崙的聲音突然變得非常不自然，她說：「我給了潘金蓮一百分。」她接下來的聲音還發抖呢：「要是可以給一千分或一萬分，這個潘金蓮，我要給她一萬分。妳們當中，只有她懂得美。」底下先是一片沉默，然後有些嗤嗤的笑聲冒出來。

「妳們這些爛奴隸，一點性靈也沒，只會想著考試，比古代的娼妓還不如！」拿破崙雖然長得不正，說話倒是直得與她的外形不成正比：「古時候的娼妓，還懂美！妳們懂嗎？」我忍不住在心中叫苦，要是潘金蓮的保護人稱頭些多好！我們可都是被校長捧在手心，有望為校爭光的嬌嬌女呢，把我們與娼妓相比？幾個演講常勝軍的女生，此起彼落站起來，氣定神閒地修理拿破崙。後來還害我這個做班長的，奔波幾番，各處說情，最後沒處分拿破崙，但也沒再見到她。美術科的真正負責人變成我，全部借來模擬考。

潘金蓮給拿破崙看上了喔！被視為拉低全班總平均的害群之馬潘潘，又多了個被取笑的把柄。「趙老師也許是對的，潘潘，」我跟她說：「我們去找趙老師，看她可以給妳什麼建議——比如梵谷，梵谷以前不知道讀什麼學校？」但潘潘不肯，她是有那麼一點恐同兼恐醜的壞毛病。拿破崙不是說她懂得美嗎？這也難怪潘潘不敢靠近拿破崙吧？我試著勸她：「妳不覺得趙老師有眼光嗎？她給妳一百分耶。雖然大家都不喜歡她，不過或許她是有那個什麼，叫做道德勇氣的東西吧？」潘潘還是不要。導師聽到風聲，訓誡我：「白玉蓮妳不要鼓勵潘金蓮鬼畫符，考上高中，隨便她畫。」問題是，潘潘可能考不上啊！我又搞了陽奉陰違那套，我打聽到拿破崙的學歷，瞞著導師，幫潘潘報名了美術學校。結果潘潘雖沒考上高中，卻以術科第一名的成績進了美術學校。

潘潘打電話給我，說我們要去喝酒慶祝，「喝酒？我們能喝嗎？」我高興得眼都濛了。

03

我爸媽差三十歲。我媽再嫁過來時，已經有我哥了。我爸常打我媽和我。妳去看我的背，把衣服掀開來看。「妳看到什麼？」潘潘問我。我知道那是燙傷後的疤痕，但我回答她：「一大片很像夕陽的東西。」不過那次我爸不是要打我，他氣我護我媽，剛煮好的雞湯，這樣潑我。還有我哥會要我摸他，要讓我爸知道，肯定活活打死，要不，也會把他趕到街上去。妳說，我可以害我哥被趕到街上嗎？潘潘當時最在乎的是這：不能讓她哥被趕到街上。他會活不下去。活不下去？我一時插不上嘴，就沒多問。

那天潘潘打扮得很超齡，她在打工了。美術學校是私立，「家裡不是沒錢給我讀書，但我媽認為唸美術沒出息，要我現在起就拿錢回家。」在小酒館裡，我聽著潘潘用稍微不一樣的話，跟我說了張愛玲〈心經〉中的那一句：我是人盡可夫的——。

高中時，有回我正在發愛滋防治的傳單給同學，一個會穿迷你裙到校，超前衛的英文老師卻驚道：「發這幹嘛？需要嗎？如果跟我說妳們之中，誰已經有性行為，我才不信呢。」老師真是老天真，當時班上有性行為的就不只一個，要像潘潘，有時還趕場呢。

那時有個男生老寫情書給我，有次我特想跟他有「肢體的接觸」，我想到潘潘說的：「朝男人身上蹭一下，他們就勃起了。」於是約會整晚，我都在想要不要「蹭」。然而我卻怎麼都蹭不來這一下。我本好沮喪地想，分手好了，但還沒開口，男孩就露齒一笑說：下次見！那笑給我感覺很好，我也就依了。比起來，蹭人對潘潘來說，為什麼那麼容易？那晚我沉思一番後，只有性幻想和「手作」，伴我入夢。

04

「妳看我，妳會覺得我很浪嗎？」我們二十歲時，潘潘問我。

我搔搔頭，為難地說：「我沒長那種眼呀，妳就像我姐一樣。就算妳浪，也不是我感覺得到的吧？怎麼會問這？」

「有男人在跟別人傳話說，說我很浪。他們說怎麼幹我，我都不會滿足。叫我無底洞。」

我傻眼，我以為上床都是兩情相悅，這也差太遠了。

我還在思前想後，潘潘倒是眼神蒼茫地補了一句：「不過這很可能也是真的，我很可能特別不容易感到滿足。」

「有人說我長得像瑪莉蓮夢露，」潘潘問我：「又說夢露死得很慘。妳覺得呢？」

「妳知道夢露其實很會演戲？」我對潘潘說道：「她有那個很知性的一面？——我還有張她正在讀《尤里西斯》的照片呢。」

有很知性的一面——換句話說，也就是「也有很不知性的」——的什麼？獸性嗎？

潘潘有獸性嗎？如果是獸，是什麼獸？

女孩子間都有一套話，說說誰風騷誰誘人。潘潘的美豔卻少點傲氣。她並不夠卡門。

雖然我也會想用「嚴陣以待」來形容她：眉毛怎樣、腰臀怎樣，在在都有女性雜誌強力指導下毫不妥協的痕跡——偶爾當她轉述「胸要大，但也要瘦才會惹人憐」，那雕琢的刀法密令從她口中說出，也有種科學配方般，令人戰慄的冷酷。她想像的男人，都是巴夫洛夫式，鈴聲與狗，刺激與反應的造物。我覺得，潘潘對她的女性魅力，好像嚴肅過了頭。但我能說什麼？在迅速勾引男人這事上，潘潘顯然一路長紅。

潘潘父親娶她母親之前嫖，嫖友中有人中鏢短命，潘先生才起了戒心。成家原來也有在家安全嫖的意思在。但也是「曾經滄海難為水」，潘潘母親老讓潘潘父親嘲笑比不過職業的。而潘潘母親最怕男人把錢全寄給大陸老家的妻，只要有此跡象，就會不讓上床——。

「我媽拿性做武器，好卑鄙。我絕不會要開任何條件，給要跟我上床的男人。」——潘潘道。不過潘潘無條件的性，從未讓她找到伯樂級的男人。她在性事上「像個男人般」衝鋒，倒是讓男人更想測試她有多大能耐。到頭來，他們總讓她知道，甚至讓她看，他們可以當她面，和另一個女人搞，好讓她知道，誰才是老大。潘潘最受不了被放在這種「養饞不養飽」的位置，有樣學樣，她也玩上這一套。「誰怕誰？」潘潘拉好身上「小可愛」該暴該露的部位，報告最新戰果：一個鰥夫、一個處男、一個跟老婆正在鬧離婚的外國人，還有一個來跟她借錢又順便借身體的前男友。她讓他們知道彼此同時存在，而且在床上，誰也沒比誰強。

05

無論潘潘怎麼去上床，我都沒意見——但她不是興奮（做到愛）就是憤怒（沒做到愛），我為她這種截然二分的簡單，感到憂慮。研究所時，我選了藝術史，就是因為我想加強自己，接手從前拿破崙沒能幫到潘潘的部分——潘潘不是容易交朋友的人，別人的男人條件好，她會非常嫉妒；如果別人沒男人或男人條件不如何，她又會百無聊賴。我小心，從不觸發她與其他人競爭的苦痛情感。要說我們這種不太平等的關係是朋友，恐怕也有點問題吧！

我拿到藝術史碩士那年，潘潘跑了幾個國家壯遊。——她不設防的個性，讓她在半路上，幾番瀕臨性攻擊。她的豔遇本就沒有很強的感情色彩，一個讓她在路上搭便車的男人，提議用酒瓶而非陰莖插她時，她的反應就也變得十分超現實。她說：「當時我發了瘋地想畫畫。」但她隨身沒帶筆，男人又提如果能用酒瓶插她就借她，潘潘因此失控。差點就給送到警察局。

我再見到她時，她還是一副精力無處發洩的樣子。但她終於開始想在藝術上有番作為，常常徹夜工作。然而不追求性的副作用，是使她也失去對飲食睡眠的興趣——從前這都是為了美容美姿，為了有本錢。現在她打電話給我時，經常說到好渴與好餓。

有天半夜她在電話中，講起她所知道的「刺激」故事：「我十二歲時，就會幫男人打手槍了喔，一下快，一下慢，有時要我輕輕的，有時又要我用點力；到現在我作夢還會夢到，好多水彩黏在我身上。我對自己說——不噁心、不恐怖，我可以把它當作某種藝術。但有時我真想閉上眼睛，但又怕我閉眼睛，他會打我，其實他根本什麼都看不見。」

「他是誰？怎會打妳？」

「我哥呀，我沒跟妳說過他盲人嗎？他老用白色的手杖打我。可是他什麼都看不見，我不能害他被趕到街上去。妳要我怎麼專心讀書？

「每次我用水彩，我都在克服，我最大的恐懼。我對自己說，我擠出來的是，是真正的水彩，不是那種男人的……豆漿。我想做愛，我想感覺這一切並不髒。性並不髒。妳也說過，不是嗎？我絕不要為這件事，變得害怕白色。我不要因此失去對白顏色的愛……沒人像我，那麼懂得白顏料……」——我閉上眼，看到那個拿破崙寶愛的「一萬分」作品——除了雪景，我什麼都沒看到——。

「妳總說我會成為很棒的藝術家，怎麼可能？妳什麼都不知道……。趙老師和妳，你們，什麼都不知道。」

06

潘潘就是我認識，有望達到淫婦標準的女人。我看著她長大，可也如同從未看見她。古往今來，淫婦的定義，總是不斷改變。而我知道的是：淫婦嘛，絕不是一天造成的。

07

有天我又回到我們國中時的操場。我看到哭累了的我們在說話。潘潘說，真害怕自己會像男孩，有時整天都好想摸女孩的胸部，當然啦，我不是同性戀。我那麼愛看帥哥。然而再來，再來，隔著一層最薄的夏日制服，一層最易濕的少女棉紗內衣，潘潘吃櫻桃般，舔又吸，吸又舔，滿是韻律，帶勁咬卻總咬不碎，我胸前幾無防禦的，草莓鮮奶與泡芙。球上滾起小小球。甜筒甜，雪糕雪。電與震波，彈珠般打下，在腿間倒放的跳之洞，有座鋼琴節拍器開了，滴答滴，唱出好具體、好淫蕩，色情的時間。而我雖呻吟得像群貓叫春般，動手打潘潘時，並沒少用力氣，所以，才會發軟發黑……。我在保健室醒來時說，生理痛，還頭暈。床邊的潘潘，於是投來萬分感激的一瞥。那時來找護士小姐聊天的拿破崙，歪歪倒倒走過來，以她一貫不討人喜的語氣挖苦我：「班長，昏迷了，妳還拳打腳踢什麼？以為妳是女武松。」

四十三層樓

01

這事發生在十年前。我對誰也沒說過。或許是擔心說出來的後果。儘管說，這事怎麼看，也不會有什麼後果可言。

那是十二月開始下起雪的第一天。我很清楚記得，是因為那天我特別打開窗子，還把身體伸出窗外罵人。我以為有人從高處扔大量紙屑下來。公德心哪裡去了！但是罵了幾句後，我笑起自己來了。我以為是紙屑的灰白飄浮物，是雪。這不是我第一次看見雪。在法國住了幾年後，我與大部分法國人相似，沒有欣賞它的閒情，只會很實際地想到路滑不好走。然而，這是第一次，我從高空中看到飄著的初到毛雪，不像樹梢或屋頂上的積雪，會閃耀垛垛炫白。四十三層樓看出去的雪花，且薄且輕，孤零零、灰慘慘，被我以為是紛飛棄下的垃圾浮塵。

我住在高樓的第四十三層，這種高樓，在法文中，又叫做「塔」。我的法國朋友都讚歎：視野好！但我不確定他們是否真心羡慕。即使是工人階級的家庭，都更傾向住進有點小花園的一樓房屋——曾有台灣人看到法國電影裡的花園洋房，就說那很中產階級，他們不知道的是，在這裡，是地段而非房屋形式，才是階級排序的方式。我有個全家都在「家樂福」上班的朋友，住的就是花園洋房，然而那當然不是在巴黎。塔原來是為難民潮而蓋的，有些歷史。我的法國房東是如何購置多起，用來租賃，我不清楚；這對夫婦給我的印象，是某種力求社會地位上升的法國人，但因為太不得法，有時給人「租房當買友」的感覺，偏偏我對去充當別人用來臉上貼金的國際友人這事，非常感冒，所以，無論是他們的慈善音樂會或愛心聚餐，我一律隨口編造謊話不出席。但這也不能阻擋他們把話說成：自己的房產，租給了一個來自台灣，特有藝術性格的女人。跟藝術搭上邊，這在巴黎，比跟有錢搭上邊，是來得更闊綽。

我的樓上還有一層，那一層不知為何，似乎不太名譽。在電梯中散播的耳語中，有人暗示那一層，常有中國人或非法移民在那招待朋友。招待朋友是上流社會的象徵，但如果招待的，是找不到住處的朋友，那就另當別論了。不過這，我只是聽說。我沒到過別的樓層，和鄰居也都是點頭之交。曾經有幾次，要搬走的鄰居來敲門，問我是否想要收用某個不錯，但他不想搬的家具，我這才知道，某戶原來住了個誰，但卻已經是，對方都要搬離之時了。

事情發生在夜裡。發生太快，說不清楚是怎麼發生的。當時我正對著筆電，做第二天碩士班口頭報告的最後檢查，頭一抬起，就是一個人影貼著我前面左方的窗，我想到我住的地方是四十三層樓，心臟都要蹦出來。我用力把右邊窗戶向後拉，那人影就竄了進來。

「筆電！筆電！小心我的筆電！」這就是我對站在我書桌上的那人喊的第一句話。那人站在書桌唯一一塊沒有堆書的地方，那裡堆書的話，窗戶就不能開。這個窗戶有個把，是朝屋內拉開的那種窗。我要他別踩我的筆電，那人簡直就像個自由女神像般，不能動地矗立在我書桌上。但他當然沒有火炬，垂著兩手。我把手伸給他，他才從桌面下來。他很輕巧。

我把窗戶重新關上，心裡著慌。四十三層樓的窗外趴個人？如果不是我拉開窗讓他進來，難道他會、或他打算往下掉？之前離家遠行前，我曾查看過窗緣，可踩可踏的地方，都築成深弧度的形式，明顯防盜。

「坐下。」我對他說，他的個頭比我高出一截，使我覺得頗有壓迫感。我這樣說完後，才想到屋裡，可不是說坐就能坐。他為難地看著我。一個星期前，我曾讓一個從台灣來巴黎玩的朋友來住，她走了幾天，我因為懶，沒把沙發床收起，那床佔了我房間所有可以稱為「空間」的地方，這幾天我都是從它上頭踩踏過去。事實上，收床不必很大工夫，但是收好必須把它放回書架頂，我又矮，爬上椅子後，也還要半放半扔，如擲鐵餅，所以我很不愛做這事。現在那人下了地，很自然地，盡可能不踩在我的沙發床上，沙發床是沒腳的，像個體育館裡的墊子攤在地上，並不適合邀人坐下，除非是想要人在上面做仰臥起坐。唉，總之是麻煩。我看了一下，他還沒穿鞋！好處是不用擔心他踩髒我什麼，但是連鞋都沒穿，事情我看是更大條。屋裡最明確可坐的，是我書桌前的椅子，但這給他坐，成何體統？他坐在我的書桌前，是要做什麼？他可不是跑來寫功課的吧！此外就是我的床鋪。朋友來時，我們通常各坐床鋪一角，可以相對說話。但他是什麼朋友？

屋裡開著暖氣，沒穿鞋可還是不行。「我先去找一雙拖鞋給你。」我說。我拿了拖鞋給他，心裡大概有了想法。我問他：「你要不要借電話？」他搖頭。我看了一下錶，晚上十二點剛過，明天早上八點鐘就有課，是我要上床的時間了。我不知道可不可以對他說，我不能留你。萬一這人又出現在我窗外，我可禁不起這種嚇。他看起來不像壞人，不過，這事誰知道？之前有青少年在我們門外惡作劇，我打了電話，請能幹的大樓管理員來處理；現在這人在我房間裡，也不能說他在惡作劇，大樓管理員會怎麼處理呢？我想打手機問我的法國朋友如何是好。雖然有點晚，還有幾個是有這種交情的。但是能夠當著人家的面，討論怎麼處理人家嗎？得避著他。

就在我盤算間，門口鞋櫃上的手機響叮噹，這倒好，我對他說：「對不起，我先去接個電話。」這畢竟是我家，不算太沒禮貌吧。鞋櫃那裡說話，房間聽不到，我得想想辦法。是ＤＤ打來！他去義大利一年，他打電話給我，我總是很高興。或許因為打電話給我的是ＤＤ，我就沒問ＤＤ意見。我回去房間，發現那人臥在沙發床上，就像童話中，那個闖入三隻小熊家的女孩一樣，睡在熊的床上了。他就這樣睡著了。沒蓋被——我替他蓋了被——這就是一個人懶惰不收拾沙發床的教訓！我嘆口氣，略加收拾，也就睡了。

02

塔的存在，使這個社區成為跑酷迷的熱門場所。我替我最熟的四個跑酷者，拍了紀錄片，但他們不同意播放。原因是，他們覺得他們的技藝還不夠精湛，這讓我有點沮喪。我對他們解釋，我認為有意義的是，他們改變了都市空間的定義，使用來看的地方可以走，讓從不經過的地方可以助跳，就算身手不夠漂亮，清新的是，在互動之間轉換的風景。但一共只有一人肯買我的帳！不過他們很興奮，因為我說他們清新。十二月——因為那是十二月的一天——所以我都以十二月代稱他，十二月最初讓我想到的，就是他很可能是一個跑酷者，這是為什麼他跑酷到了我的四十三層樓。我在麵包店，碰到其中一個少年跑酷者在買牛角麵包，我問他，是否出現了新的跑酷規則，跑酷的人可以不穿鞋。但他說，沒聽說。

十二月有張年輕的臉，至於身體，我說不大上來。他有種我偏愛的雌雄同體美，這使我更加覺得，不能多留一刻他。問他什麼，都是點頭或搖頭。我其實也有點害怕，他真對我說出什麼來。如果他說了，我就會有責任。而責任，我未必扛得起。

身為一個合法居留的外國學生，不知為何，也常有犯罪感。我在路上碰到過一個中國女孩，她在路上拉了我就說：「我看姐姐，就覺得姐姐人好，所以我也不怕跟妳說，我在這是沒身分的，不怕妳告發我。」大概是沒人說話，太寂寞的關係吧。所有該告訴我，與不該告訴我的事，她都說了。她是服裝專業，在這裡也在成衣廠工作。我問她，不怕地鐵查身分嗎？她說都有人教的，不會去容易被查到的點。一星期倒有六天在做工，哪能學法文？但我擔心她不懂法文，萬一碰到事，不危險？幾次跟她約了，把我不用的法語教材送給她。有陣子她工作的廠給查到了，她沒了工作。不過她說非法的工廠挺多，換一家就是。有時我回家時，會發現她在我住處樓下徘徊。我不能做什麼，但是聊聊天，總不違反人性。不過她邀我去她住處，我就沒答應，一來課業壓力大沒時間，二來就是，也不知會捲進什麼事當中。

台灣留學生的圈子，我見識過一次，就不打算見識了。圈子小，焦慮多，只能憑著拚命八卦別人來平撫，還有許多詭異的多角關係，可寫社會小說百百本。然而就算不在圈子裡，還是聽說了挺嚇人的事。有個台灣男學生，不知為何收留了個奇怪的法國男人，最後那人離奇死了，而那學生在之後，經常鬧自殺。不過DD收留義大利人麥可的結果就挺好，DD去義大利辦公，麥可到處幫著他。以前我在巴黎看到麥可，總覺得他不太可信任。但是DD說，所有的義大利人，都長著一張不太可信任的臉。麥可第一天到巴黎，就沒找到住處，他覺得DD看起來不像壞人，所以找DD幫忙。DD就讓麥可在他家住了下來。我問DD，才認識，就讓他住你家呀？DD說麥可的法文沒人聽得懂，在巴黎多危險。我想也是。麥可回義大利成了大學裡的法文教師，看他樣子，我當初可想像不到。那時每次我在DD的辦公室碰到麥可，他和ＤＤ說話，倒有一半是靠比手畫腳。羨慕ＤＤ對人有那種信賴。與跑酷迷做朋友，或是留下十二月，我想，這都是我對ＤＤ的愛情。總覺得我對別人溫柔，就是ＤＤ對我溫柔。

03

十二月就在我住處，住了下來。回想起來，這應該很可怕。我每天都在想，可以怎樣合理地送走他。他不像麥可。ＤＤ就對我說過，麥可法文破，但他是個有辦法的人。十二月出現在我的四十三層樓窗外，那種地方，有辦法的人，會在那裡嗎？他像隻青蛙趴在水族箱玻璃那樣趴我窗子的影子，真是個惡夢。你的家人呢？你的朋友呢？你的愛人呢？這樣的話，能問一個出現在四十三層樓高的人？十二月沒有大衣，沒有鞋子，我問他，要不要跟我出門，要不要去給他買大衣和鞋子？他總頭快搖斷地搖頭。我有點猜到，有了大衣與鞋子，他就沒有藉口留下。

十二月每天除了看我書架上的書，不做什麼；因為我請他自便，他也會自己泡咖啡與下廚。如果我在，我們就做雙人份的；如果我不在，他就打理自己那份。我的住處有之前來借住的男同志朋友留下的貼身衣物，我就都拿出來給他用。這些王八蛋總是在我這裡忘東忘西，那些掉在我這，我又用不到的東西，總算派上點用場。要是有人在我這留下大衣就好了。因為買給十二月，總彷彿是買我的自由，很想這麼做，又覺得羞愧。我試著留幾張紙鈔在顯眼處，他要拿了就走，也是好的。但是除了動我的書和冰箱，十二月沒碰過其他東西。他缺的大概不是錢。他不說話，我為了表現和善，會對他說些無甚緊要的話。

有天夜裡，睡到一半，我發覺肩膀熱熱濕濕，原來是十二月伏在我身上。

那大概是他住在這的第十天左右。不知何時，他已側身在我床緣，一手環著我，只是不停流淚。他可不可以這樣做呢？許多人曾在我面前哭，但是趴在我身上的，還沒碰過。

我把身體往牆邊靠了靠，但沒撥開他環著我的手，像哄小孩一樣我拍著他，從睡意朦朧中努力醒過來：「不嚴重的，不嚴重的，一切都會好轉。」我還在腦中尋找法文安慰金句，不知何時，他的手已經穿過我的睡衣，靈巧地撥弄，我發出的聲音，連我自己都不知道，是舒服？還是嚇阻？我腦中一片混亂，但我還是注意到，那是一種服務性的碰觸，在在要表現的，是他非常有技巧。我制止他：「你不能這樣，我不想要，我有男朋友，我們不能這麼做。」但是我發現，恰巧是我自己口中的每句話，超乎想像地激起了我洶湧的性慾。他那麼熟練，這一定不是第一次他那麼做。

他覺得不能白吃白住，所以想以此交換？可以接受這種東西嗎？這跟人道組織到非洲，讓兒童用性交換食物有什麼差別？「停下來。」我說。但是他嘴對著我胸口的方式，正令我著迷。那是像用女性性器幹男人般我似曾相識的東西。他用嘴，但那是女人用陰道弛張揉搓男人性生殖器的玩法，即使對異常愛的男人，我也只這樣玩過兩次，但那兩次，就讓男人差點暈過去。——愛到某地步，才指揮得動性器深海那軟珊瑚般的抽進握法。他真是把我的金字塔尖當陽具在擦拭了。我是做個有人格的人好呢？還是做個有經驗的人好呢？綳緊緊像要被拔河兩端拔斷的粗繩。他的長髮柔嫩如肌膚，好摸得不得了。我想抓住他的髮，令他離開，但我指間傳來陣陣快感，快感卻是移不開地。髮海水草就是款擺怒張的生殖器，剎那就令我們相互手淫，爽到無力。

「你不是妓男，我不要你這麼做。」牙咬著唇，我硬說出了口。他聽到，聽懂。哭得像射精一般。我臉上也濕。趁他一不注意，我把我的枕頭抽出，朝他推擠。終於用枕頭，隔開尚未糾纏的下身。他於是就著枕頭一上一下的摩擦，我覺得這樣也好。開始時我一動也不動，但慢慢地，像終於承認什麼一般，我也用了那個枕頭。我們像兩隻海獅共玩一顆球，在黑暗中專心律動與鳴叫。我高潮後，他發出吹箭般的口哨聲，我不確定那是不是也是他的高潮。因為有可能，他並沒有男性生殖器。我不知道為何我會這麼想，但那的確是那一刻，我想到的東西。雖然他有男人的外觀，但他其實可能是任何一種人。任何性別。

04

十二月後來走了。他走時，拆走了我枕頭的枕頭套。這沒什麼大不了，我換了新的。

但他回來過。大約四年後，有天我回家時發現，家門口的門縫有一個不見郵戳的大信封。倒出來看，那是折疊如手帕的枕頭套。他終於可以還給我了。

我把枕頭套抖抖開，一隻手伸了進去，握拳藏著，久久。

性意思史

01 路易想到她們的下面

路易一直覺得「性」這個字在中文裡，有點啞。像鬆脫的琴鍵，無論按下去時用了多少力，發出的聲音，總是有點糊。快沒水的色筆寫的字，也是這樣，不反覆描上幾次，就會枯空地刷白。每次路易說到這個字，總擔心對方會不會沒聽清楚，變成相信的「信」；又不是次次都可以把「性慾」用在「性」的位置上。如果對方一定要聽不到，「性慾的問題」，無論咬字多清晰，一樣也會變成「信譽的問題」。

十三歲的路易問十四歲的沛：「『我要你的心生』是什麼意思？沒聽過這首歌。」

「看英文。」沛回答。

路易剛開始練習挑自己想要的英文專輯，還不太知道如何檢視手中的錄音帶。

路易低頭，驚訝極了。

「一個心加一個生，看出來了嗎！」

性，乃妳的心，加妳的生。沒有性，心都會死囉？「哀莫大於性死」喔。

沛接著解釋，一定是怕歌被禁，才想出這種繞彎子的辦法。

後來有陣子，路易與沛必定有拿這件事開玩笑。然而這卻說不上是什麼性體驗。路易對性沒有知道得更多，也沒有更少；即使把整句話換成了英文來想，路易也還感覺不到熱情挑逗——什麼字眼或什麼句子會對人產生性的刺激，真沒有那麼約定成俗。比如路易的高中同學麗如，就曾以「絕不可以笑我，我才告訴妳」的祕密交託方式告訴路易，她覺得會讓她五內俱焚的最色表達，是「冰清玉潔」四個字。

麗如說，要不然「守身如玉」也有效果。

路易忽然想起自己，小學都被「軟玉溫香抱滿懷」這七個字弄得神魂顛倒，覺得那是非常刺激的什麼。可是回想起來，根本不知道，是什麼。在小路易心底，所有的「性」都應該很棒超棒棒透了，但是抱呀吻呀，卻連字眼都令人反感。如果當年她知道「軟玉溫香抱滿懷」，真的與抱來抱去有關，小路易一定興奮不起來。小學快畢業那年，小路易專喜歡挑露骨的情歌表演，她愛做很敢的女生，她在校外教學的遊覽車上，用嬌嬌浪浪的聲音唱「今生今世，我是你的新娘」，小男生的反應都彷彿她要當眾解衣，連眼睛都用手掌遮住了亂叫一氣——她想要的效果，也就是這樣。掀起一陣莫名亢奮，她很快樂。只因她知道何謂大膽，她就走大膽的棋——除了讓其他人佩服她大膽，路易別無他意。與此同時，路易只要聽到「抱著你的感覺好好」這類的歌，就會臭臉，她還無法想像一個人，竟然喜歡去抱著另一人，那好俗氣喔——小路易與男生傳情最火熱的方式，就是去踩對方的腳，在教室裡，在走廊上，兩個人會踩過來，踩過去，誰也不讓誰。最可愛的男生，是那些識得情趣的，他們會一邊玩，一邊想出好笑的話，逗她開心。概括來說，高中以前的路易，一方面全心希望未來性史豐富，最好閱人無數，擁有無邊無際，有如大海一般的性經驗；另方面，她卻又連與異性牽手這樣的事，都還覺得，有如要伸手去摸毛毛蟲一般，概難從命——路易本人完全沒有注意到，自己身上莫大的矛盾——她怎麼會注意到呢？

多麼驚人呀，幾乎從來沒有人提醒我們，注意妳的性在哪裡，記得它為何發生，看見它的許多形狀、死滅或光亮。我花時間記錄過綠豆與黃豆如何長大、有陣子每天都得觀察蠶寶寶吃了桑葉沒有、也曾為了找到天空上的星星連夜製作工具而弄傷了手指——至於我的性、我的性，如果說它比不過天上的星星，我或許還服氣，但它會不如綠豆與黃豆，也比蠶寶寶吃了多少桑葉，沒有價值嗎？為什麼，沒人用一種說「嗨」的方式讓我知道，妳當留意……。

妳生命中沒有一個性，是與另一個性，一模一樣的……。它們從不重來，一朝一命。

路易讀過一則不顯眼的社會新聞，因為母親打死了女兒而上了報。說是母親發現女兒與小學同學做了性遊戲，就打死了她。報紙沒有說是什麼性遊戲，小男生與小女生，是看了彼此的性器官？摸了彼此？只是——不管做了什麼，那使母親活活打死女兒的暴力，都使任何性接觸，顯得不足為道。

那時，路易還親眼目睹一事。

幼稚園放學回家的小表妹，苦著臉道：「媽媽，我下面那裡好癢。」話聲未完，路易的小阿姨就劈頭劈面打起人。那種打，真是往死裡打。「講那什麼話！」——可是，我下面那裡好癢，有什麼不對嗎？

看到大人的暴怒，路易迅速了解到，這被認為與「性」有關。在劈風砍雨的巴掌開始前，路易認為小表妹說的很可能就是，內褲的質料不舒服——頭髮會癢、鼻子會癢、背部偶爾也會癢——有什麼道理，下面那裡，就完全不會癢呢？路易離做小孩子的年代沒有很遠，她記得在小孩口中，有時沒有性意思的話，會如何被大人錯誤判讀——是什麼給了成年人那種霹靂狠勁？

若不是親眼看到發狂場面，路易不會相信，這年代的人，還有這樣的性恐慌。可是當然，路易是錯的。連不是性的表達，都如此危險，真難想像，若有天，真要說點與性有關的東西，誰會死在誰手上。這種恐懼，多麼近於絕望，路易不知道這種絕望，從何而來。

小表妹一拐一拐地走開了。大人給她穿了非常酷的高筒馬靴，那是她被疼愛的方式。但她似乎也沒懂，她應該傲氣逼人的造型語言。漆黑發亮的馬靴，穿得有如釘壞的馬蹄鐵。

一個瘸了的小女孩。不是因為她的腿，而是因為她的鞋；或者也不是因為她的鞋，是因為分派給她的語言——她的下面不可言——那麼，下面的左邊，下面的右邊，下面的上面，或是裡面，下面的後面與前面，下面一層層的每一面，豈有可能，逃脫語言的電擊鐵絲網？

下一次，路易說：因此我們要來談談膝蓋。關於每個人，都有的膝蓋。

02 路易聽說小鳥啾啾，並且走到對面去

喔，當然不是所有女孩下面的故事，都充滿了被罵被打與被殺的悲慘色彩。

路易就聽過一個絕妙的。很巧合地，來源也是某人的小表妹，只是這個小表妹更小，還沒上幼稚園。某日，小表妹拽住了她媽媽，歡天喜地地說：「媽媽媽媽媽媽！摸妳下面，它會啾啾，啾啾，像小鳥叫一樣。摸摸看，妳知不知道妳下面會啾啾啾？」

這是個鎮定、聰慧，腦袋還配有高速快轉性意思翻譯機的媽媽，她不憂愁，也不困惑，大笑個不停。小表妹繼續催促，摸摸它，它會高興地啾啾叫。在小女兒再三建請下，她答應下來：等一下我一定會摸。我也一定會啾啾叫。

聽到這個故事的人，全都陷入尷尬狂喜的狀態：我的天，這下都懂了。

沒人誤以為天才的小表妹，下面裝有玩具槌子，或是穿門就叮咚的過門鈴。那是沒有聲音的聲音。任何比小表妹多點年紀的人，都會在「不知那叫什麼」與「快感」兩個極端之間，尋找語彙，但是人們太知道字詞固定的意思了，這樣，就難說出，小表妹們，拼貼的語言。

因為那很快樂，所以是像小鳥啾啾叫；間歇、有節奏，耳朵聽不見，但是身體不能不聽到。「叫著我、叫著我，黃昏的故鄉不時地叫我——。」後來路易聽到這首台語歌時，都會不小心把啾啾混進歌裡，好像兩個在說同一件事。大家都說太神奇，太厲害了，還有人說：「妳小表妹一定很愛她媽媽，才會不希望媽媽連這個都不知道。」媽媽——知不知道？別人——知不知道？

媽媽——別人，這個角色非常微妙。有一年路易去參加大人的員工旅遊，媽媽有事不能來，都是公司阿姨們照料她。有天她受囑帶了換洗衣物，坐在公共洗澡間外，排隊輪自己洗澡。等待時間裡，路易實在太無聊了，就把自己的內褲當成球，往上丟，接住，往上丟，接住。

這本是她自小有的習慣，沒玩具時，就找個東西來，丟上丟下。但是那天的遊戲被打斷了，一個阿姨經過，大概因為是上司女兒，就算有什麼不對，也說不出口。然而路易自動地訕訕地停住了。阿姨一瞬間閃過的驚惶與避之唯恐不及，即使只有一絲嫌惡，就夠了。浴室門口原本只有路易坐在椅子上等，誰知道會有人走過。

那是路易第一次精確地穿過那道金色的線，切身感知，線的存在。

在線的一邊，一切只屬於自己，沒有想法也可以；但在線的另一邊，是禁忌的天下，是羞恥掌管的區域。抛接三角褲，只要沒人看見，有何不可？然而一旦在線的另一邊被看見，三角褲就不再是塊布，或許也等於應該不被看到的下面，竟然飛到了半空中。路易強烈地感覺到，她身為一個小孩，意謂的危險處境。她因為大人的反應而學會羞恥，即使同一個動作，一秒鐘之前，都還沒有特別的意思，只是平凡到不值一提的快樂。那一刻，她聽從大人界，不需解釋，她就自動馴服，無關對與錯，大人對小孩來說，就是權威，是「這個世界是怎麼回事」的權威。路易知道她依賴大人知道很多事，因為那時的她，知道的還太少。她暫時地接受了大人對三角褲的感受，假裝那也是她的，雖然她實際上的聯想力還不發達，既不知三角褲就連到她的下面，而她的下面，還連到更多東西。羞恥感或禮儀，在很長的時間裡，在路易的生命中，最初都只是對別人的溫婉同意，而絕非自己能想得出來的東西。

長大後的她，也曾遵從當時女性主義運動的建議，用小鏡子看看「妹妹」。但路易覺得，想看那個地方，有點奇怪，打譬喻來說，就像檢查屋頂。除非出毛病，漏水或是被不明物體砸中，女人有太多其他方式，了解狀況。如小表妹所說的，她們聽得見啾啾——沒事不會去觀察屋頂，也知道屋頂好好地。

後來是安部公房小說裡的一個句子，啟發了路易。路易注意到，原來男人希望女人性器要有確實範圍——所以他們把那想成一個盒子，盒蓋可以從腳踝或是膝蓋打開。因為不能像畫陰莖一樣，畫出起始分明的女人性器，必須依賴打開這個動作。從握住陰莖，過渡到女人下面，需要有個定位點的東西能旋能握。而那有時竟然就是膝蓋。「絕不可能握住陰道或陰核，陰唇也不是生來給握的，這樣的一門三傑，如果我習慣從陰莖出發，感覺性器為何，我也會覺得女人的性器，讓人不知從何下手。」路易想道。我就從來不會想到，要從膝蓋來打開性器，我連「打開意識」都沒有，那裡我熟到不覺得有門有路存在，都是直接過去的。

之前路易從未讓自己跳到異性視點上，去想像另一性的器官多麼無以名狀。一度，她讀到「神祕三角洲」時，還覺得「這什麼啊？」，甚至有段時間，不知道那是自己地盤，還以為那是舞小姐才有的打扮。三角？才不是呢；那是只靠視覺尋找的，才會使用的化約。三角洲讓路易想到有三邊尖角的三角板，在兩腿之間？以為我們過的是什麼日子啊？真是。三角，除非你／妳總是跑到對面去看。但作為所有者，我們恐怕很晚才會跑去對面看自己。我們最先靠的是更內在的東西，啾跳躍的空間，那個極不二維也極不三維，分散又擴散的場所：性器的星圖，存在即在不可見。

好像學會兩種語言對譯。路易把這個有趣的開始，命名為「我到對面去」；對面是會看錯、想錯與說錯的，這些錯誤有些無心，有些是必然，有些是詩；因為這就是對面。

路易覺得有了對面，她更知道怎麼去講自己的語言。從前她甚至不意識到，她有語言。

「下次我們就要試著抵達G點了。」路易這麼決定。

03 路易思考「性能力很強」一語並回想起「G點」

在各自經歷大大小小的戀愛之後，路易與沛仍互相交流，二十多歲的她們，已離開懵懂的國中歲月。在路易看似已不起風不生波，沛則是興高采烈地一團亂的那些年，有次沛在電話中對路易說道：「嘿妳知道嗎？某某說她一看我，就知道我性能力很強。」

盧沛一看就是性能力很強。原話是那麼說的。路易忘記自己的確切回應，但她記得自己技巧地迴避，即使她對沛說：「這聽起來，某某是在挑逗妳。」——路易用的也是一種知性與中性兼具的局外人口吻。偶爾路易回想起，除了知道自己偏離靶心，沒有探討沛最感興趣的問題（跟我說，妳是否也覺得我性能力很強？），路易還覺得沛的話，獨立出來看，也有意思。

有次聽個影評人A說，馬龍白蘭度在《慾望街車》中的表現，就是「一個巨大的陽具在那裡邊走邊搖」。路易覺得這說法很傳神，路易知道A非常異性戀中心，但也相當優秀，他的口氣頗不耐，但也並非惡意，就是實話實說：某種外顯的形象，給人的聯想確實如此。說「屌」是自然化了崇拜，影評人當然有分析的距離。路易想起有次陪安，一個法國男同志朋友去趕同志影展的場，同行的還有一個女生，路易覺得她很恐同，但安總覺得有義務帶著她。路易認為這很有趣：這兩個人有種對邊緣性的共鳴，安因為是群體中的少數男同志而深知寂寞落單的苦，菲麗西亞則因為恐同而在社交聚會上經常處於沒人想理她的窘境，同志與恐同，照說不好相處，然而安卻常私下拜託路易帶上菲麗西亞，安會說：不要拋下她，否則她太可憐了。路易很無奈地在心中下按語：安的人類愛太強，甚至強過他的同志感。

影片看完，菲麗西亞果然發難：「影片還不錯，但是那麼多陰莖的特寫，真的很沒必要，我看了超不舒服。」安則替特寫陰莖辯護，說拍得不錯。兩個人都異常堅持，吵個沒完。路易知道安不會因為支持同志電影就犧牲自己的感覺，他說不討厭，就是真的不討厭。路易打圓場時只好說了，那些特寫陰莖本就不是為了女人的快感而拍的，安喜歡，菲麗西亞覺得沒意思，也許正說明導演抓到了男同志與陰莖之間的獨特感情。菲麗西亞對審美層次的言論一向不買帳，依然道：但我覺得太多太難看。安也毫無論點地繼續反駁：

但我覺得不多也不難看。一根陰莖（儘管影片中是多個），幾多反應。菲麗西亞又回過頭爭取路易，路易說，我本就知道我不會像男同志那樣去感覺陰莖，我也沒有期待被取悅，看跟自己很近的經驗，與看距自己較遠的經驗，應該用的是不一樣的感情吧。我不至於對大量特寫陰莖入迷，但也不反感，本來就是進入另一個宇宙嘛。菲麗西亞還是生氣，但她不譴責了。

說到性能力，是不是都以所謂想像中的持久陰莖作為參考點呢？如果我們感覺一個女人、一個女同志或一個T或P的性能力很強，我們又是如何感覺到的呢？總之，路易感覺模糊。但路易有一套看法，她把這歸功於「G點」研究。

偶爾路易與女生朋友會聊及怎麼開始「動手」的，很多人都說到偶然與意外，比如先被棉被毛巾或枕頭擦到。路易覺得心有所愧，因為她從沒把自己的發現之旅，源源本本交代過。

路易剛開始能夠閱讀，她就讀到一篇關於對女性G點之謎的科學研究。當時她毫無解剖學概念，只好摸來摸去，這裡按按，那裡點點，看看找不找得著文章中的兵家必爭之地。既然文章中把G點說得那麼關鍵與神祕，小路易覺得自己研究不落人後，真是何懼之有。此外，既然連對G點究竟存在不存在仍有激辯，小路易更感到要有毅力，在自己身上印證科學真偽。很長一段時間，路易都暗暗得意，她以小學生的年紀，就達到眾多科學研究無法企及的高度。她不但發現了G點，關於刺激G點達到最華麗壯闊的高潮，她也在日復一日的實驗與練習中，駕輕就熟。許多年後，路易大吃一驚，她當作G點上天下地的「一點靈」，在解剖學上來說，名叫陰核。這簡直就像前往印度，但是到了美洲的故事。不知道為什麼科學研究集中在G點而非陰核，路易全靠手感，只知道應該在下面覓尋，科學指引了她一條路，但她走上了另一條，沒想到走到了寬廣無比的國度：不只啾啾叫，如果充分演練過，即使是小奏鳴曲或是全套交響曲也可以。——小路易，靠著對文字似懂非懂的追隨（以及對科學的莫名信仰），誤打誤撞就進了性高潮的眾妙之門。

路易小心保守她的祕密，以為等她到了別人不會覺得她年紀太小，可以信任她的發言的時候，就可以在某個她想像的科學論壇上，侃侃而談：各位，G點絕對存在，我不但找到了，還找到了多年。我對它瞭若指掌。我可以為各位證實。路易在未來要如何證實呢？她相信等她長大後，一定會找到體面的、科學的方式。

在路易的性意思史上，我想當時她還不會用「性能力很強」這種表達來形容自己，但她的感覺，無疑就是這種東西：富足強大、對性高潮招之即來的信心、歡快與得意，擁有連科學研究都落後於己的高超存在。何等的成就呀。——是的，科學研究與小路易的研究是南轅北轍的兩回事，然而至此我們可以將句常見的話「錯誤已經造成了」或「傷害已經造成了」，做些小小修正——小路易身上的事，可以說是「快樂已經造成了」、「幸福已經造成了」。

04 路易回溯性高潮之前，祕密的練B時光

法斯賓德在一部電影中，曾讓某個角色表示，每根陰莖都不同。除了外形，它們也都有性情。路易覺得，陰蒂（也就是陰核）也如此。它們各有各的氣質、習慣——或者祕密，因為它們各有各的歷史。幾乎不可能有哪個男人，一生中都不識自己的陰莖，但對陰蒂就不然了。有些性教育或性學專家，提及自己到十八歲或更晚，因為找到陰蒂而喜極而泣；有些女人則直到白髮，被問及陰蒂，仍然四顧茫然，渾不知它在何方。

是否因為這個生理構造顯與隱的差異，在男性主導的文化裡，對女人形成了莫名的猜忌？——認為女人比較假或笨的想法，似乎經常附著在對女性性器官的蔑稱上，傻屄——法文裡，笨蛋與女陰用的是同一個詞，con。屄即笨。不過，路易第一次聽到有人當她的面說到，說的卻是性向變化不已的

大衛．鮑伊——路易讀過字典，但她不懂為什麼以這字談及崇拜的偶像，她鼓起勇氣問：為何說鮑伊傻屄？（他又沒有⋯⋯。）「沒錯這是髒字，可我這麼說，是因為這也是種讚美，表示我超喜歡他。」原來如此。「像一個傻B一樣站出來」，在中文詩歌中，甚至變成義無反顧的象徵。如果對B的誤解與責備真是「它不出面」，「連B也出來」，倒是有趣。雖然路易也曾感到難解，因為就一個「有B之人」或「B主」來說，B何止不傻，它還靈靈光光。它也從不藏躲，就像人不能怪「心在胸中，眉在眼上」，人也不能怪陰蒂，這粒性導體之豆，生來奈米地，在其所在。

然而路易同意也同理——蒂己一體——女人充分在每一刻感覺到自己有陰蒂，未必容易。後來路易很高興看到，許多文章會說「陰蒂勃起」，也會寫明神經末梢約為男性幾倍之多——但是路易不會像男人說「我勃起了」那樣，說自己勃起了沒，這並不是比較假或騙，而像一個人就是不能說自己瞳孔放大了沒，「她雖勃起，但她本人未必收到正式通知」。這也是為什麼路易對俚語裡，以「癢」指稱性漣漪或性亢奮，始終不滿——癢明明是另外一回事，痛與麻不同，酥與爽也有別，浮升的性覺，最低限度也是一種興奮——當然心癢含有「動念欲之」的成分在——路易還是覺得，沒把快感襲來的多樣波型，從無甚神奇的「癢」字中分別出來，在在顯示了我們對性有多麼不專精，又有多麼不準確。這事總是震驚路易——雖然不分藍紫，並非世界末日，可就還是會嚴重打擊到路易——畢竟，對於自小就不屈不撓找到「G點」的女孩而言，路易會相信，性的絲絲毫毫，可以細緻地擁有不同字眼，如一張化學元素表——我們，不該感到太驚訝。

路易思考過兩三次，她的快樂玩耍時光，是「手淫」嗎？她不確定——一來這詞出現時，總連著另一性；二來這些詞伴隨的如臨大敵與罪惡感——羞恥感之類——她覺得十足陌生。路易的想法是，她的玩樂是「自然而然的」，不可能有問題：這一定類似走路或說話，是一種年齡到了就會的東西——遵循沒有寫出，但存在的自然法則。當然啦，科學文章有提示到她，她是不是太早會說話了呢，這也不無疑義——然而，早點說話，何罪之有？我們不能太認真看待小路易的思考——因為她思考的並不多——思考似乎是與遇到困難有關，而小路易的困難完全在另一面。——不，路易不是在找到陰蒂的第一天，就有性的高潮。

在最初，她得為自己學習定位小東西——觸覺的雷達性；再來，她得學習，如何不令小東西跑掉或滑走，我們或可稱為一種手的穩定度；就是到了可以長時間指尖上蒂尖，撥動快感芽芽發，也不表示她就有本事像撈金魚般，捉住一尾性高潮。終於做到「高」（啊那歷史性的時刻）之後，她又開始分辨質地的好壞優劣。路易發現了挑戰，挑戰就是，一個「較好的」（其實她也還不會用性高潮這個詞），是「想的」與「下面來的」同步——然而最初，同步最難。身體先到或頭腦先到，都不完美。因此，路易最注意，是兩個怎樣能雙雙對對……。

日後回想，路易忍不住讚歎：我規律地練習，我規律地進步。在此同時，路易也很聰明地保有一個小孩的全副機警，若她亢奮到非要尖叫時，她會立刻拿另一隻手的手臂令自己咬住——手臂上會留下一排清楚深刻的牙印咬痕，「那麼深！」（且說還有點漂亮）——要是可以留著這些紀念品多好！不過話說回來，若真每個印記永留存，我們的路易，可要有一整隻手臂，都體無完膚了。這些沉默的證據，真是性意思史難得的，肉之化石……。

小路易既缺世間的性判斷，也與指控女人有性慾就變成性攻擊對象的文化深深隔閡；當她覺得男孩女孩可愛時，她喜歡他／她們的臉、髮型、或是丟球的姿勢——從未想到她一向餵自己吃的糖與她飆飛的瀑布，與其他人有何關係。在社會生活——通常指的是學校生活，她的樂趣，真誠地保持在「看到喜歡的人就高興」的狀態，愛與需求，如此容易滿足：她喜歡誰，就多看誰，也喜歡多被誰看。

當路易知道，現實中，小孩是性交的結果，她真不敢置信。彼時路易十三歲，有個老師，先生也在學校教書。路易出奇地嚴肅推理：老師與她先生結婚，有小孩，也就是說，老師做過愛（好驚人！！！），老師也會脫光光？路易盯著老師，怎麼也難想像老師裸體！路易很困擾，她希望老師始終都和她看到的樣子是一致的。至於父母，基於太嚴重（或者也不十分正確）的尊敬或壓抑，半點都沒進入路易的腦海之中。

05 路易在不同時光中，想到「我的水」

在路易的童書當中，主人翁有天必須交出一個以「城市交通」為題的作業。他們決定做模型，展示飛機、公車、腳踏車等各種交通工具同時在城市裡，以不同速度運輸。當路易想到她的性，這個畫面就會浮現。如果說，她對陰蒂之為用的精通，可配上飛機的高速，其他部分的理解，就只是公車或步行了——

這個模型甚至沒有建造完畢，有些道路開闢得不太對，有些徒步區也還不小心通到死巷，交通工具之間有時缺乏接駁，飛機飛得再快，也對找不到路的腳踏車，愛莫能助。性在多處，各不等速。

就比如說，路易彼時仍為一個普通不過的表達憂慮。那個寫著「精子會游到女性的子宮」的句子。她讀到精子就像蝌蚪，於是，她以那個年紀斷章取義的能力，相信游泳池並不安全。如果男生會游泳，精子應該也會游。路易不願身體跑進蝌蚪，下水前，總有一瞬，焦慮不已。最後，路易解決困擾的方式，就像許多其他時候一樣，她推論「如果別人沒事，我也會沒事」——這個邏輯讓路易終於放心，只是，很長一段時間，路易還會因為沒發現蝌蚪，而覺得自己「真是個幸運的女孩」。

那麼，路易在那時，知道自己底下有個陰道，陰道還會通向子宮嗎？答案非常模糊。要知道，如果陰蒂是因狀小而不易發覺，陰道，則是在月經來臨之前，它的無事發生，使它更不易在意識中，佔據地位。——有段時間，它完全是「任務真空」——比起來，路易那時對長出第一根陰毛，還有比較大的反應——她向母親求助，因為覺得那根陰毛很不可愛，會刺！她希望母親教她解決辦法（潤絲？），而路易的母親照往例，對路易的問題翻白眼。摸起來像美勞課用的軟鐵絲，就像某些人會有一兩根亂翹的頭髮，路易覺得它很荊棘，但也不敢剪它，不知打哪聽說的，剪過會更壞——很可能她聽說的並不是關於陰毛，而是美容師之間的碎嘴，有些不佳髮質剪掉，再長出來更難搞……。

好在是，路易只與第一根毛處不來，之後它們的「髮質」自動變好，路易甚至不記得，何時它們就忽然長成一片了。而且再不像過去，會打擾到她。想起剛開始，她俯身對一根陰毛，吹鬍子瞪眼睛，孩子氣地不爽，還有幾分懷念。

不過，既然小孩是從媽媽的底下出來的，那麼，路易相信，除了誤以為小孩從肛門生出的女孩以外，更多女孩，無意識地知道，她的「肉體建築」

有種開放性：從裡到外並沒有特殊屏擋。不像嘴或眼，可以用意志緊閉；如果請問小路易的想像，那裡會更讓她想起耳朵，她軟糖般的房間是沒有蓋的瓶，或是不帶扣的包包。倒掛的半露天。而那，也是一種完整。

十五六歲時，路易碰到過有點瘋的女孩F，F告訴大家，她曾把小黃瓜放到陰道裡。那該是一個契機，讓路易對陰道更有想法。但不知為何，路易沒被激發興趣。或許路易覺得用小黃瓜自慰，程度太糟了——連帶地，也對拿小黃瓜探測陰道，提不起勁。一年後，路易讀到瑪莎．葛蘭姆，這個舞蹈家宣稱陰道肌是她爆發力的核心，是舞蹈重要的祕訣。這個說法讓她的男學生們非常挫折，他們無法想像大師所說，把陰道某處作為軸心的感覺是什麼——他們沒有那個相同基礎。

有說舞蹈圈裡，存在劇烈的「陰道欽羨」。陰道成了藝術火炬——我愛上我的陰道了……，自那時起，不跳舞的路易，也試著指揮自己的陰道肌，感覺最大爆發力。這事最方便的是，任何時候都可以，只要想到，她就可以自由地玩她的陰道肌，這雖不似陰蒂遊戲有戲劇化的快感，但路易很高興她身體有個文化重鎮。但她讀到「給我一個支點，我就可以舉起全世界」時，她想像的，就是在她中間的中間，旋轉著某個發光點。

「在我們的性的當中，你最喜歡什麼？」有次路易在床上問米歇爾。

「是水。」米歇爾想都沒想就回答。「是妳的水。」

「我的水？什麼意思？」路易本以為米歇爾會說勃起或射精，這下完全轉不過來了。

「當我們做的時候，妳的裡面會湧出一種水，當陰莖整個被水覆蓋時，會非常舒服。」

路易看著米歇爾神往，第一次對異性性器，有了接近羨慕的感覺。這將是某種她無法取得第一手資訊的經驗：以一根陰莖來感覺她自己美妙的水。米歇爾把那水說得有如柔軟的水毯——路易知道那都是真的。

大學時，路易與一群女同七嘴八舌討論過，它叫什麼？最篤定的，是最年長的M：「『愛液』。」好噁心喔！全場反對，愛愛愛，好像壯陽藥，太ㄙㄨㄥ啦。M不服氣：「但我覺得『愛液』很好啊！」路易喜歡M，眼看她被圍攻，忍不住救援：「人家喜歡就好，不然妳們說個更好的來啊！」結果害路易也被笑——其實路易私下也覺「愛液」很爛，好像色情版「淫水」的修容版。

然而，如果我們那麼在意，怎麼叫這水分，一定不只是種命名狂，而是，我們太知道，這水分，有其難以言傳的獨特。它有絲綢般的觸感，依健康與興奮的好壞，還會不時變化潤澤的強弱漸層。有時摸著它簡直像摸到了千萬珍珠搗碎了滾來滾去的仙露津津。只有一次，為了避免嬰兒撞到頭，路易出手扶到嬰兒頸後肌膚，驚詫那柔膩也許還可一較高下。路易苦思那種屬水非水的無雙感，一度認為可用「暖冰」形容：它是令人在其上滑行無阻的冰，但又全無一絲冰的寒氣。

06 路易、鴕鳥、胸部、背部與手部

路易去客廳找東西，電視上是連續劇，路易知道母親不看劇，大概在等接下來的社教節目。劇中的男角正哭天搶地：「不可能！不可能！她肚子裡的孩子絕不可能是我的！」路易興起，唱歌一樣跟著來：「不可能！不可能！我明明就有戴好保險套！」

路易還來不及讚美自己的幽默，就被厲聲打斷：「路～易！！！」她母親只喊她名字，但兩個字就夠發出恐怖之音如一把半好不壞的電鋸。母親的臉都扭成一團了，嚇得路易魂不附體。放在心裡的話，「有錯嗎？他至少有戴保險套，不然他怎知不可能？難道他太監？」——當然說不出口了。十七歲，她從邏輯上知道保險套避孕，從沒親眼看過保險套模樣。

一年過去，路易很快忘了教訓，和母親旅行的路上又提起：「去年暑假，

我有陪朋友去醫院拿掉小孩喔。」路易心底暗樂：這下總要給我一些性教育了吧。結果適得其反。母親大喜過望：「真的？路易好能幹！什麼都懂！不簡單呀！這事好難吧。」路易作夢都想不到會被崇拜，她真不懂，怎麼提到事前避孕，反而被當成惡魔女。路易完全摸不清母親：這位女士，是怎麼長大成人到為人母親的啊？我還不如找隻鴕鳥當媽算了。她還錯覺她母親算是有知識呢。路易聽過幾百遍，母親擔心小孩多會影響工作，所以路易一出生，母親就「結紮」。幾年後，路易會學到「身體自主權」，她以為既知結紮，母親似乎很懂身體自主權。然而從母親給她那，比鴕鳥還不如的性教育看來，這位女士，好像連「性的識字班」都沒開始吧。

她母親認為她厲害，她其實只是混。朋友的朋友給了電話號碼，她們就做到了。而她之所以參與，只因她是好心的路易。懷孕女生的家庭複雜，本來就被暴力相向，這下可能會被打死。路易剛聽過國中女生的狀況，更棘手，她們沒錢！路易的一個表妹（不是穿馬蹄鐵的那一個）還兼職當了一陣小太妹，勒索同學為朋友的醫藥費「樂捐」——這一切讓路易覺得不對，她們只在「同年人保護同年」的天真下行事，無知，仍如銅牆鐵壁圍得她們密不透風——做一事哪裡等於懂一事？——婦產科女醫對她們的態度，煩悶中有著勉強的同情，大人似乎都很滿足於，打發她們到各種渾渾噩噩中。女醫有說她們吧，但說得不著邊際，也等於沒說。

撇開受孕，高中女生談性，倒也不是全沒清爽過人的時刻。阿儀就說過一個路易永難忘懷的。班上某人跟喜歡的男生坐機車出遊，放心地跟大家報告自己多興奮：「我就緊緊緊緊地從後面死命抱住他啊！」「抱那麼緊！胸部還沒發育好，都被人家知道了啦！」——跟她親的同學，好直接好明快呀。這事她們很愛轉述。不只因為故事裡有甜甜的坦率，還因為那知識得來不易：從後面緊抱一個人，會讓人感受到妳的胸部形狀喔。多虧我有好同學，路易想。

妳有胸部，妳不見得有胸部意識；如果不是聽過笑話，路易想，或許我也是那種會傻傻抱緊人的女生，渾不知那的效果是什麼吧？有次路易不小心從後面擦過米歇爾的背，米歇爾就打了個震度很大，冷冷的性哆嗦，他不自然地弓著身，輕輕叫著。他為自己勃起害羞時，是這樣。背部，真是非常敏感的性器官。

有時男人也會意外失去「女人跟他們有所不同」的這種記憶。有年冬天，路易在校門口與依薩克說話。路易覺得因為他是特別優秀的黑人學生，同學就都不大與他交流，實在不公平。路易跟他聊，發現兩人對不少事有共鳴，談得來，依薩克因此激動地比手畫腳——本來握緊路易雙手，就可表達的感謝之情，他卻在她身上迷航般地又推又拉、又抓又捶，他太高興了，不知如何表達才好，路易正覺好笑（我可不是橄欖球隊員呀），一瞬間，依薩克的手竟握到路易的胸前軟錐。隔著大衣，兩人還是都有感覺。依薩克如被雷擊，慚愧得面紅耳赤，頻頻道歉。冬衣包得人人如熊，胸形不明顯，可胸部並不會消失。

路易窘，但並不介懷。有次在街上，一個髒話不斷的少年也曾一掌擊在迎面交錯的路易胸上，路易直覺不是騷擾是別的，接錯線之類。旁邊的女人忙道：「他有怪病。我們正要去醫院。」路易說了聲「保重」，就過去了。依薩克沒病，但路易猜他很少跟女生，甚至跟人來來往往，有些東西是環境讓人不自覺學會的，例如適當的距離與不使人尷尬——如果依薩克像路易的其他朋友一樣知道，同樣狀況下，可以開口說，我可以擁抱妳一下嗎？路易覺得她的胸部，應該就不會，陰錯陽差地，遭到池魚之殃。

路易曾經碰過一個老師，會邊講課邊在經過路易身旁時，揉搓路易放在桌上的手。老師一心二用，講課完全不中斷。路易整個人都呆了：這人絕對是個犯罪老手。路易知道那麼多反制性騷擾的前例，遇到如此過分的，也還是五雷轟頂。多年後，路易聽到安興高采烈地說，他贊成師生間有點勾引。路易就對他說了當年遭遇，問他。安的臉整個拉長了，連珠炮般道：「那可不是我說的勾引。這人好下流。」他說：「那不是勾引。他根本在做了。妳被他做掉了。」是了，「被做掉」，這是一種突如其來的死亡。路易問安，那你說的勾引又是什麼意思？安說了。路易說：這個我都叫它「親切」，為什麼你叫它「勾引」？安說：「我亂說。我根本不知道實際上會發生什麼事。」如果你是我，你會怎麼辦？「找人去把老師的雞雞剁掉。」——是啦，意思有時不是表面那個意思，只有單字單詞是不夠的。而且我們都有亂說的時候。當我們不知道實際上，發生什麼事。

07
路易聽說她的同學再也不看A片了

「莎賓娜決定為了她的信仰，再也不看A片了。」

「什麼呀？這兩件事有關嗎？」

「我也不知道。」阿儀道。路易有一個小圈圈朋友，阿儀在每個小圈圈中都有朋友，所以阿儀的消息靈通。

「她不能又信仰上帝，又看A片嗎？」路易問。

「莎賓娜好像覺得不行。」她們不是都用英文名，莎賓娜是英文小老師，才特別洋派她。

「莎賓娜太嚴肅了吧？看A片沒什麼不好啊。」路易惋惜道。

「我也覺得。」阿儀附和。她說，莎賓娜把這事告訴大家，為的是要貫徹意志。

——日後路易回想起這一段，會覺得好笑與意味深長。第一個原因是，路易或阿儀，她們都根本沒看過A片；第二個原因是，莎賓娜不是偶然看A片，她是看了大量A片之後，才做出「告解」——那年代沒網路也沒DVD，A片要放在錄影機中看。莎賓娜自己擁有一台錄影機嗎？她家中都沒別人會干擾她嗎？路易與阿儀，都沒認真想，究竟莎賓娜從A片中看到什麼，使她煩惱——然而她們一片天真好意地，希望莎賓娜用不著太嚴肅。雖然她們絲毫不對A片投以異樣眼光，看起來很開放，然而如果知道她們事實上對A片毫無概念，我們就會知道，該對她們的「自由開放」，重新評估。

路易努力回想，她對A片最初有的最具體資訊是什麼？她能夠想起來的是，有次阿儀說，唸大學的哥哥弄到好貨，可以看女人與狗與馬還有大象性交，阿儀也想看，可她哥哥不讓，哥哥炫耀完後就到同學的住處看。「與大象性交？」路易不太確定她是否想看，她想看的是「激情」的。就連「男性」對她來說，都有點遠，聚看「女人與大象性交」的男生，意謂什麼，她一點頭緒也沒有。十八歲一過，路易就去看了《廚子、大盜、他的太太和她的情人》，當然是衝著限制級。

不久，路易和Y出遊，看戲或參加政治活動，路易的注意力有時都不在現場，好想碰男孩熱騰騰的身體。——像麵包一樣會發熱氣，是她那時對男生的首要印象——雖然路易往後會交個心臟有病的男友，一年到頭冷得像殭屍，顯見男體也未必都熱。可路易最早對男體的好感，卻是因他們溫高。有時她去補習忘了帶外套，還會去坐在看來散熱量大的男生旁，免得冷氣太強受不了。這類少女心機還非性慾，只是自我又實用，無師自通地在「發現異性」。

國中時路易讀過文章，說像她這年齡的女孩會「對男性鼓鼓的褲襠好奇，面紅耳赤地偷瞄」——某天她才猛然想起，想當年怎麼都沒朝下看呀！——想起這事時她都三十了。Y說：「我們這年紀都滿腦子上床，我爸媽這樣糊里糊塗生下我，然後就是吵架離婚，所以我，大學畢業之前都不要有性關係。」——滿腦子上床嗎？路易一驚，她不排斥，她雖有朝著肉體發想，可還沒那麼深入，她最擔心只是自己會顯得遜，這下連表現遜都不用了，她心中百味雜陳。有個和男友固定發生關係的女生說，男友道，男女真不平等，在床上女生什麼事都不用做，男生要做所有的事。阿儀和她聽了都笑，以為是真的，可她們怎麼會屬於「在床上什麼事都不用做的性別」，有點失望啊。這種上床聽來近乎無聊，實在不太誘人呀。

也因此，會在母親面前大呼小叫「保險套」的路易，聽到Y的話，也沒能應用她的知識。結果，無論跟女生跟男生，路易想，我老是撞到一堵「無性」之牆呀。跟女生的原因是，她壓根不知道女生與女生可以做，這錯誤，到高中才慢慢更正過來，雖然那知識也很地下，她們會流傳誰跟誰「做了」，可見是可以的。路易回想，那時我甚至有對象……。最有可能就是高柳香了，柳香在樂儀隊很出鋒頭，她老說自己「雙性戀，但又更喜歡女生」。路易覺得她只要伸手，就能把高柳香「做了」。

柳香的胸部很大，或許是班上最大的。「在高柳香的雙奶中有世間所有的形狀」——路易一度這樣想過。路易有時心情不好，柳香安慰她就會軟倒在路易身上，兩人都女氣，沒有任何之防。不相干的人看到，兩個女生摟摟抱抱，蜜糖般分不開，怎樣看都還是超級清純。路易一開始是誤觸，在她腦中，還沒想過挑胸逗乳，路易雖沒特意以刺激性慾的方式碰柳香（還不懂），柳香無疑有被打開性慾，但柳香總是強忍快感。她也恐怕路易太意識到性，因此收手吧。柳香總笑吟吟道「沒關係沒關係」，彷彿不怎樣，但路易後來懂，那種又挺又搖的臉色，是性慾燃而不滅時才會有。柳香的一雙海豚浪跳著，更焊了些實實的筍狀電火雲朵在路易手上，奇爽撲打如猛海。夏天穿胸罩就難，冬天還可以，柳香冬天不穿。路易有更多經驗後知道，易位而處，自己若像柳香那樣持續被摸，不接著好好做到幾回高潮，要難受死了。柳香不是誘惑她，是直接獻身。這讓路易不忍。

以她對柳香有影響力的程度，把柳香變「性奴」都可能——可路易沒走下去。路易後來迴避柳香，不是缺性慾，而是她發現，性吸引的比重太大了——她喜歡柳香，但缺了些東西，她和柳香不會平等，路易能折磨柳香，但反向力不存在——絕不是同性戀、也不是性，會不自然。而是與「精神強度不如妳」的人「來」，太不自然了——佔便宜不是只在「智力一般的給智力遲的人糖來交換強暴」這事上。路易相信存在性良知，自己若強，得不欺弱。路易想要性，但不想要佔便宜的性。為了性慾著想，路易會說。

08 路易跟瑞典人散步，但卻沒有上床

會在深夜十一點多出門散步，都是因為寂寞。

路易走去熟悉書店，借著路燈亮瀏覽櫥窗裡的新書——沒想到會遇見人。他是旅客，來巴黎開會——典型的性搭訕，通常路易一分鐘就能解決，然而他說話時，路易還不知道他勾搭她。後來他開始誇讚路易，路易就備戰了，他說路易美麗無法形容，因為整個是從路易的靈魂中散發出來。

路易突然懂了，為什麼人們願意花那麼多時間與精力，把自己放在性的

社交或競技場上？——這人光為了想跟我「睡」，就連我的靈魂，他都關切了。

無論讀書或工作，要得到一丁點的肯定或稱讚，那樣不是不經一番埋頭苦幹，有時就連一分耕耘，也沒有一分收穫，然而這會兒只是街上站著，就被誇上天了，大概只有在性的領域，可以如此不勞而獲。

——他告訴路易他有瑞典人血統，因此某些作風會超過她的想像——他轉而向路易完善的人格與個性進攻，路易倒是好奇了，他想奮戰到多遠？他請路易跟他一起走一段路，路易本來就在散步，這裡又是她的區，走走路沒什麼大礙。但他要路易讓他牽手，路易就說不必了。

後來路易見他認真快要過頭了，起了惻隱之心：「你不用再努力了，我心裡有人，你再努力也不會有效果。」豈知接下來才有趣：瑞典人問路易是否有把握，喜歡的人就永遠不背叛自己？

路易說，這確實難講。如果對方或許會背叛，妳豈不太虧？他建議路易與他一睡以便累積背叛點數。「這樣萬一有天妳被背叛，妳也就不會太難過。」

原來上床具有這種保值功能，早療嗎？以此立於某種不敗之地，好個先下手為強。路易說，你瑞典人在哪我不清楚，但這麼犬儒倒是非常巴黎。瑞典人放棄勾引她，退而求其次，想說動她結成虛無主義聯盟——性交的汲汲營營，原來有這麼一份悲傷。

那晚臨睡前，路易下了注腳：「我想，不知從何時起，我的性慾已經人格化了。」

那時路易三十四、五歲，到這年紀，性慾才人格化，似乎有點晚，可是在這之前，如果有人跟路易說，性慾會人格化，路易覺得她不會懂。路易想，那不是突然發生的，我是慢慢演變成這個樣，至於怎麼演變，卻不一定追溯得出。童年時，路易曾認為性要無所不做。

這就該來談談愛森斯坦檔案。愛森斯坦檔案裡面有大導演愛森斯坦手繪的多人多姿雜交圖，大概既是他的性幻，也是美術餘興。這個路易在圖書館翻到的塗鴉，在我們的性意思史中，具有關鍵位置。因為路易面見這些如各式花瓣的性交排列圖式，猛然想起她的遠古：那時每當快要進入夢鄉前，她的睡前幻想也出現過類似「圖鑑」。所有路易喜歡的人都同時碰她，有人碰手，有人碰腳，也有人碰她鼻子或頭髮——不過大家也都還沒有性器官——然而碰她的人，是越多越好。

路易的圖鑑與愛森斯坦的並不完全相同，路易的圖鑑忠實於她的年齡——沒有持續刺激任何性感帶的知識與企圖，愉快是整個身體的事——愛森斯坦為接合的每個肉身找到同時進出點，但是路易不用，她的所有小人兒的每一處都可相黏，如果說愛森斯坦展示了各種卡榫研究，路易版中的人人，都如全身便利貼般，愛貼哪就貼哪。

所有她喜歡的人，都碰她表示他們對她的愛——外觀上那躺成世界的疊羅漢，接近雜交群交，她則像一個中心與王之王，接受來自四面八方的喜愛——後來大概不知怎麼感覺到禁忌或是不好意思，一切竟都抹除了。不過在路易還擁有那幻想時，那就只是「舒服快樂陶醉爽」——路易好驚訝，若不是看到愛森斯坦檔案，她全「忘光了」。如果路易主動回想，她會以為她最初的性幻想會最單純，後來才調整人數或複雜度。但愛森斯坦密語喚醒了她一輩子原都不可能想起的兒時夢幻。一對多並不難想像呀，娃娃寶寶的時代，路易做的春秋大夢就已是這樣了。

被所有愛的人環繞一事，變成所有人都跟我睡，都碰我。——路易記起幻想中某些小孩的真實身分，由此確定那早在小學之前。雖然連摩擦都還不懂寫入劇本，然而那是與身體滿足有關的異想，無疑就是性慾肖像。路易因此考慮這種想法：再悖亂的幻想，也許都並不全來自高度加工的色情材料，而有其孩童期想魔法想飛翔想動物變身的根源，是幻想自然的產物。

如果我喜歡的人人，都不由分說地滿足我的幻想，那個「我」是多麼強大與歡暢啊——這就是非人格化性慾的力量——想要數不清的性對象與快感，無窮的糖果與金幣——但有天人會發現，不管自己或是別人，都不是糖果與金幣。妳的性慾會這樣發現。

那種換季有如地殼變動。性也會換季的。

曾有一個冬天，路易每隔兩三天就做愛：「像要把我一生的性在一個冬天做完。」在那之前，她同居，幾回女人，幾回男人，或許有過上百場的性——然而那時路易的性慾沒人格化。有次與阿儀講電話，講到泣不成聲，因為路易太想出軌了，「如不出軌，我就會死」。阿儀陪著她哭。阿儀愛上別人男友時，也是路易陪她「不做壞事」——她們是彼此見證，抵抗猛暴型的赤誠無明性慾，如何曾是身心焚燬的災難、悲苦與巨慟。從「跟性慾做愛」到「跟人做愛」，存在一段漫長、昏亂的旅程。在性慾未人格化時，即使跟關係內的人做，也只是位置巧合或意志頑強，那時妳承認每個人都是完整的人，但妳的性慾並不。

那時性慾想跟任何喊到它的人走，它不知道它是誰，一心想要喊到它的人告訴它。它以為那是唯一命運。而它想愛它的命運。

09 路易問：妳愛得過所有的人加起來的性焦慮嗎？

奧黛莉．赫本接受訪問，有人問她是個女性主義者嗎？她說她當然是，「我是一個噶忪夢給呀。」赫本竟然說自己是「噶忪夢給」（garçon manqué）。噶忪是男孩。「噶忪夢給」就是「假小子」或「tomboy」，相對於「偽娘」的概念，或許可以用「假man」——但法語裡有意思的東西是，「夢給」也有懷才不遇的「不遇」之意，那麼，可以說，存在「性別不遇」嗎？有人「懷男不遇」，有人「懷女不遇」——懷才不遇其實是有才，只是環境或機運，使得有才不獲承認——如果換一個時代，不遇就遇了。性別是不是也類似才氣呢？

在〈第三性〉這首法國同志國歌裡，用的則是「男性女孩」與「女性男孩」這兩種說法，的確，人們可能有多重性別。路易年輕時在一本講美國同志運動史的外文書讀到過，有一個lesbian與一個gay宣稱兩人相愛，並抗議眾人將兩人結合算作異性戀，路易與身邊朋友討論，大家都覺得這兩人頭腦燒壞了，挺不住身為同志的壓力，才搞出這套。大家好不容易才弄清楚「男人可以愛男人，女人可以愛女人」——暫時受不了更多花招了。

法國有個喜劇片就拿這類事做過笑點：同志痛恨異性戀刻板，但遇到「跨」或套不進同志角色的人時，也抓狂地要人選邊站。後來有些年好多了，大家開始說「性別是流動的」，凡是遇到很難搞清狀況或變來變去，就有人祭出「性別是流動的」，路易就記得在某個都是同志的聚會時，有一半的人同意性別是流動的，有一半的人傻眼問：「怎麼會流動？」有人就回答，因為妳是不流動的，等妳流動了就會懂。

路易跟凱凱在一起——有次她跟凱凱碰到同女圈的大老阿禮，說是大老不過比她們大八九歲吧，阿禮見到她們就說：「妳們最近性生活很不怎麼樣吧？看妳們樣子就知道。」她們沒反擊，因為措手不及，阿禮算前輩也是原因。事後凱凱安慰路易，阿禮會那樣，是因為阿禮的性焦慮非常嚴重。我吞不吞得下這口氣？路易問自己，她覺得吞不下。我這輩子受到最不堪的性侮辱都是來自同志。虧得阿禮還是到處宣講同志權的人物呢。——她也沒原諒凱凱，阿禮在凱凱剛建立同志認同時，扮過夢中情人的角色，凱凱才會對阿禮那麼不計較——路易的感情馬上完全倒向沛了——至少沛對路易說過，「阿禮很狹隘，妳不覺得嗎？」那時她還罵沛，要沛有口德。如果年少時路易曾覺得沛太玩世不恭，她現在知道，那也有好處了。性會被隨便一句話酸蝕——路易認為凱凱覺得阿禮有性魅力是無妨的，但一個人的性格會被任何人的性魅力脆化，這就不是路易要的性對象。就連沛，她都向來分清楚：沛對她的誘惑力少人能敵，但她從不讓沛佔自己便宜。路易對堅強有偏執。性就是性，賄賂就是賄賂，不是金錢的對價一樣可恥。

路易有套對淫蕩的理論。因為她們是生在那麼要攫取性自由的年代，「淫」這類形容都變得正面了，可是路易覺得那是有問題的。不能取消掉「淫」的真正意義——淫既不是性對象眾多也不是姿態撩人，「淫」是性滿足壓倒其他判斷力的心智狀態，當然危險，好的判斷力裡不會只有性。凱凱是明智的人，但是她有種「對失去任何性滿足都無法忍受」的傾向——只要有人對凱凱碎嘴同志性八卦——凱凱就算多麼知道來人不可靠甚至是敵人，都會做出事後後悔莫及的事。有人喝酒就會失去智商，凱凱的酒是「同志專屬的性氣氛」。

多年後，路易偶然回想起她們的過去，她覺得凱凱是持續在一種「性飢渴」的狀態中。這種飢渴不是生理的，她的飢渴與其說是性沒被滿足，更多是作為女同志而有的焦躁。餓過的人永遠不敢覺得飽。路易覺得自己幸運，因為她比較沒餓過：高中時她很快有了她稱為「藝術圈的年長朋友」——這些人向來就能接納世俗反對的東西，路易跟這些人聊「不知道自己是不是同性戀」，路易覺得自己很被接受，且不管她是不是同女，都可以過得好好地——「最重要的是，保持開放，不必太在意別人」——路易雖不是逢人就說自己與女生戀愛，可是她從來沒太隱藏，「恐懼、羞恥、掙扎」的同志成長三部曲，路易跳掉了。她曾嘗試給凱凱她得到過的，但很失敗。

凱凱需要的回應不是情人的，而是社會的——但這個社會對凱凱來說不存在。路易帶凱凱去她的朋友圈，凱凱整晚都在發表同志運動的單人演講，凱凱不知道她把氣氛都破壞掉了。朋友之間不是這樣互動的。——在場就有同志齡超過三十年的人，然而凱凱不懂什麼是對人的興趣，那場合原是有許多有趣對話，可以深入討論性與一切問題，都是路易想給凱凱的。同樣環境，對路易來說很有愛，凱凱卻只在浪費大家時間。此後路易就不帶凱凱見朋友了。

如果妳很愛同志，妳就會愛同志的性，不是妳愛的那人的性，而是所有同志的性，那麼，妳也會愛大家的性焦慮，這樣結局會如何呢？妳愛得過所有的人加起來的性焦慮嗎？路易覺得她對同志沒那麼愛，至少她會在別人用性焦慮摧殘她時，抽身走掉。

關於路易沒那麼愛同志這一點，路易對自己的想法其實是錯的。路易和凱凱分手時說當然不是因為性，把跟男人的性說得很不好。她已不視凱凱為友了，卻分秒記著「要為凱凱未來的性心理著想」。與此相較，連篇說謊的道德汙點一點都不重要。

路易也是深深愛著同志的性地。她絕不能原諒自己的，就是加深同志的性焦慮。

凱凱一從眼前消失，路易閉上眼睛就心道：當然我是因為性。

10 路易想起沛被當作「複（雜）二代」

沛說過一件事，往後不時浮現路易心頭：

「我爸媽分房睡了。」沛對路易說。

「啊。」

「我媽可憐。」

「啊。」

沛罕見地不以嘲諷口吻說話——如果不算沛說要跟路易結婚那類話的時刻。

沛父母當年的戀愛是兩人一往情深，路易故事聽到一半，急轉直下變成沛父親與沛母親親人的亂倫加外遇。事情沸騰，連路易母親都風聞，互通聲氣的國中生的母親們一致決定，令女兒們不要與沛做朋友——路易在法國聽米歇爾說過更誇張的事，米歇爾說，有些沒離婚的家庭，就連碰到離過婚的人，都看不起——覺得他們「太複雜」——用詞與路易母親如出一轍：不許妳跟那麼複雜的人來往。沛不是富二代，卻被當作「複（雜）二代」。

複雜包裹著的想來也是「性」——當社會以較平等的精神看待離婚之後，路易想，「單純的性」與「複雜的性」，仍是用來隔離人們的歧視分類。對當年的沛來說，想必是件大事——然而路易除了知道「沛很憂愁」，還無法深入想——分房，或許也代表了沛母親的「性挫折」？沛在她父母的事件中是無辜的，然而，誰可以給這樣的無辜一點什麼呢？

通常我們明瞭一個人考試失敗或是謀事不順，可能是種挫折，至於性挫折，就沒那麼有意識了。而事實上，性挫折——聽說的與經驗的——也是我們性生活的一部分。

人們說的單純真的單純？複雜真的複雜嗎？

路易小時候，父親常講一事，說自己就如黃春明小說〈莎喲娜啦．再見〉的男主角，會因工作時，被派往酒家感到煩憂不安。他告訴路易，自己如何將公司派給酒家賺的公關費，設法用其他一般餐廳來消帳——也是同樣一個「正人君子」，帶路易母女去吃飯時，指著西餐廳女服務生的腿說：「妳們旗袍開衩太低，為什麼不再開高一點？」

幼年的路易當時就明白，父親在做一件很壞很壞的事——許多年後，女服務生那張寫著「被欺負」而僵痛的臉，會在路易學到對抗性騷擾時，若隱若現。旗袍、開衩——都是路易當時從未聽過的字眼，也正因如此，路易記住了。而就在沛父母勞駕一堆長輩四面八方前來仲裁，那難以仲裁的三角關係之時，路易父親，患了歇斯底里的說笑話病。

「某妻得知跟鎮上妓女過夜費用是五千，驚訝之餘便問道：為什麼妻子跟丈夫發生性關係都沒有收錢呢？丈夫回答道：『因為人家有專業妳沒有。』」哇哈哈哈哈哈——無論路易怎麼說，笑話他說過了，父親還是不厭其煩地找她說。我的處境真的比沛好嗎？我的父母不複雜嗎？如果路易厲害到反問：「爸爸是想告訴我，妓女比媽媽專業嗎？」——這固然能令路易更有氣勢，但恐怕不能解決根本問題——某些「良家父男」，不出軌、不嫖妓，但他們卻會圈捕弱小如女兒，強制她們接收他無處傾倒的「性廢料」——不是弱小能與他共鳴，只是弱小逃不了。

如果我們暫時擱置，也許是教育者會重視的課題，「如何反制在暗處圈捕弱小的成人獨裁」，讓我們來問另一個問題：冤有頭，債有主，到底是誰虧欠了我們的性？

無法否認，人在心裡有一把尺，忖度自己的性生活是否符合自己——然而是什麼構成了尺？研究指出，極右派的性生活滿意度最高，英國人在歐洲人中滿意度較低，讀到研究者說：「改變個人的政治傾向不一定能提高自己對性愛的滿意度。」——路易忍不住想笑——我們該被某一特性、某一族群的性滿意度較高這類說法影響嗎？我們是否總是在想像，某些人某些生活方式，給別人，而不是我們——更好的性生活？如同《看得到的世界史》幽默地寫道：「也許大家都相信最好的性愛總是發生在別的時代。」

當然，也不可能告訴人們「知足常樂、比上不足比下有餘」就可以解決。路易自己也不是光靠「會想」，就達到她的理想狀態。那個路易稱為「悟點」的東西，並不是依賴性高潮或某個床上同行者就能有的，那是東一點西一點的彙聚，有時負面的事件也好重要——有次路易的前女友V來找路易，說了很糟的事，路易哭了一晚，V開始碰她。路易情緒很虛脫，要跟路易發生性關係就跟撿屍差不多，但路易腦中突然閃過楚浮電影的某鏡頭。路易驟然冷靜，去移開V的手，去奮力說「我不要」。

性的懸崖時刻。

無論從兩人性愛的熟悉度或路易當時的脆弱來看，那一瞬的魄力，都超過路易能力範圍——雨中行車有什麼東西衝到路面，轉方向盤或緊急煞車，只許很少的反應時間——多想幾分鐘，就沒有可以想的餘地了——。

我是靠自己而能有所反應的嗎？路易問過。如果她能有所反應，那都是文明的累積與他人的恩賜（感謝楚浮）；很狼狽，但畢竟是像自己了。在那種情況下能說「不要」，路易往後的「要」，彷彿蛻皮重生。我真的更愛我的性了——我為它做過好事，做過抉擇——我對它的愛不是空想，我有行動。

如果有人與我經驗不同呢？

路易想起另部喜歡的電影——分手的男女又做了愛。男人問女人：但妳還是更愛別人?女人道:對。男人道:那妳剛剛為什麼要與我做?女人道:我剛剛有慾望。男人懂了,也接受了。性與愛,就是有時合一有時分——不問不說,就不知道狀況——沒有什麼,會自動等於什麼。我們都要接受自己與別人,每一次不同的「做」、每一次不同的「說」。我們都複雜,也都單純。

11 路易好友表明,沛若穿裙子,她會更想死。

因為沛,路易早熟了——不是生理,也不是心理——而只是注意力的早熟。

雖然在她們生活的世界裡,有股譴責的力量排斥著沛,但從路易最早的眼睛看來,沛沒有因此黯淡,反而從裡到外,散發著刀刃的光亮——沛不像同齡的女孩，或像路易——對於青春期身體以及性魅力，有著還在試衣間的失望、好奇與不確定。

那個年代並不流行「中性」這種詞。路易也還無法預見，沛將會走上鐵T或石頭T的路，她只覺得沛耀眼無比，所謂自然的法則或力量，在沛身上完全吃癟——沛還長高，但不長其他，如果讓路易來說，沛並不是像男孩，而是一起始，就「比男孩還好看」——這個的意思是，首先她會覺得沛屬於男孩的美學系統，但放進去後，不但不發現沛略遜，還在什麼方面略勝一籌。

多年後，路易還牢記著當年的眩惑，不過，她覺得，小時候她對沛的崇拜，隱含著某種無意識的「恨」——那種「恨」是什麼呢？那種恨，恨的是非男即女二選一「沒得選擇的選擇」，恨的是生理變化不隨意志左右的「暴力」——對於後者，路易慢慢知道要賦予它人文性的色彩來接受；至於前者，那也是改變文化想像後，就可以沒那麼暴力的東西——然而，當妳是一個還沒多少人生經驗與發言權的少女，路易既不知恨，也沒有解恨的手法——沛卻像一個完美的復仇一般，具體化了原先以為不可能的反抗——不只是外形，沛在精神上也跳脫了秩序——沛當然是譏誚與不馴的——路易記得，同校中像沛一樣「沒有束縛」的，並不只沛一個，然而，她們多半以輕淺的玩笑或淡漠，蟄伏在角落。

反觀盧沛，她真是每個呼吸都炫耀，每個步伐都挑釁，風風火火的怪物啊！同樣「穿褲不穿裙」，其他人就低調，只有沛，她就是個會砸到每個人眼前，令妳無法忽視的不明飛行物，路易的一個好友說：「我不贊成同性戀，但盧沛要是有天穿上裙子，我其實會更想死。」路易明白好友在說什麼，因為那就像「暴殄天物」——就算妳覺得沛不對，但她要是對了，妳才會覺得更不對。換句話說，不管妳視沛是性別的游離或游擊分子，她都不是一個性別制式角度中從男系或女系敗下陣的存在，她的氣勢，在在表明了她是一個「自成一格且挑戰成功的生命體」。

以路易少女有限的語彙，她無從掌握她對沛的注目與感情，已經使她進入了一個她從未準備過的「性角色」——這個性角色帶給路易三個難題。

最顯而易見的是，人們開始問路易，她是同性戀嗎？路易當然覺得不是，她不知道什麼是同性戀：一個人怎麼可能是「她所不知道的東西」呢？沛也不知道什麼是同性戀——沛有時會被某些後來追想應該是男同志的人辨識出來，在路上對沛說一些密碼話，大意無非「妳很好、妳沒錯、妳是我們的一分子」——但稚弱如路易與沛，參不透友善的陌生人，為什麼來跟她們打pass。她們覺得她們就是孤立無援的「她們自己」。路易長大後想過，「同性戀」或「同志」是在認識歷史後，有利生存的字眼，但在最初，那幾乎令人費解——路易對沛的感覺一點都不「同性」，她並不是因為沛跟自己很像才愛沛的——「同性」這個感覺，事實上，是從異性戀中心的語法發展出來的，因為在這個系統內，是以生理結構為分類的主軸，然而對路易與沛來說，那個分法恰好才是她們最不在乎的。「受同性吸引」——這是種完全外部的眼光——路易覺得沛與自己一點都不「同性」，她們可是天差地別「異」得很呢。

那是一種強烈的「對偶性」，路易後來會說。——她在沛身上找到她的「對偶性」，書本上以神祕語氣說的「靈魂的另一半」。之前與之後都沒有了——之前與之後都是種「感情的遊戲或合作主義」，因為好感或讚賞而建立關係——路易覺得那也都是好的、或是有啟發的——但是「對偶性」是更嚴肅的東西，當「對偶性」落在同生理性別時，文化不支援其合法性，這就是所謂被打壓的同性情慾。

路易的第二個難題，就是她因此經歷了「性慾的無法著床」——這與「禁慾」完全不同：就算是禁慾，也還是要知道「性慾」是什麼，不然就像拉住一隻馬的轠繩而以為可以讓小鹿不亂竄——所謂的「性慾著床」，指的不是性交，更重要的是，它應該成為意識中可想像、語言中可表述的東西。如果有人不認識食慾到以為「食物就是非食物」，那麼有慾望時，會發生什麼事？她一定不會吃，而可能去撞牆、咬自己或是昏迷——這些路易都經歷過。即使是一個自小熟識性高潮的少女如路易，單憑一己之力，也掉入了「同性性慾非性慾」的錯覺中——十三歲時我被無知閹割，二十三歲才懂，三十三歲我才知道說出來。

讓我把路易的第三難題放到更後面來說，先來到路易上幼稚園的第一天。那一天，在上廁所的隊伍中，路易被叫住了：「排錯了喔，這邊是女生。」路易想都沒想就答道：「我是女生。」大概開學第一天，老師還不認識每個人：「那你叫什麼名字？」「路易。」路易回答。尿急了，本來快要排到她了，這是什麼狀況，不讓她尿了。

大人與小孩對峙著；路易想要證明自己，但怎麼證明？她越來越害怕，也越來越尿急，只能一聲比一聲更大地說：「我是女生。我是女生。」「我真的真的是女生。」

12 阿儀媽媽玩了三次套圈圈遊戲

最後，小路易大概是以「百分百女生的眼神」戰勝了老師。再想起繃緊的膀胱，是多年後：

路易在法國的同志雜誌中，讀到一個跨性別的投書，文長兩頁，並不好懂，因為那是第一次路易讀到跨的描述。她忽然就想起，自己被卡在廁所外的當時，她對她性別的篤定，其實不無盲目成分，大半靠的是一種空泛的「性別覺得」——這種「性別覺得」，有時會有「他覺」與「自覺」的衝突，對於「自覺跨」的人來說，衝突更複雜，因為其「自覺」經常並不在「他覺」中存在。以先天的染色體來說，就有XY、XXY、XX、XO、XXX以及XY+-XX等差異——染色體會不會影響一個人的「性別覺得」?（畢竟不是每個人都有機會去看自己的染色體）然而，這樣說來，「性別並非兩種」的感覺，或許更接近真實而非標新立異。高中學生物，理所當然以為自己是XX，但既然有些XXX，本人未必會察覺到，那麼，我有XXX或XO，也說不定。我自以為是女生，但或許也「不那麼是」。

路易還會想起一個童年午後。那天她和表妹被下令午睡，但兩人都不想睡。於是第一次出現在性意思史中的Anna，在聊天中，跟路易說了，她恨當中國人，因為中國人都要學中文。

路易道：「可是妳不是中國人嗎？」

「我不是。」

「妳不是？」

「我不是中國人。」Anna道：「我是新加坡人。」

路易嘴開開地看著Anna。她知道美國人、英國人……好多人，可她第一次聽到新加坡人。

「我在新加坡出生，所以我是新加坡人。」Anna道：「Lily是伊朗人，

Betty是加拿大人。」姨丈在世界各地工作……，路易忍住沒說話，她感覺Anna正說件對Anna來說，非常重要的事，Anna正讓路易看到「Anna的世界」。後來Anna在澳洲生活，又成為澳洲人。路易長大遇見她，總有點高興，想起小時候，幸好她沒加入強迫Anna做中國人的行列。

不過，路易記得懸崖勒馬的感受：不假思索、衝動地想要把Anna變中國人——路易長到那時，從兒歌到老師都說中國人好，事無大小，都跟做中國人有關。不做中國人，要怎麼活下去啊？路易將心中激戰緊緊壓在胸口，剎那間，她懂了，Anna和她不同，她不能把自己的感覺套在Anna身上。

新加坡是一個新的名字，透過它，路易知道不是每個人都想做中國人，男與女是比較古老的名字，然而同樣地，也不是每個人都想要。路易有一個曖昧的國籍，半被接受半有困難，她曾對米歇爾表示，要是能跟大部分的國籍一樣清爽明確就好了，但是米歇爾說，你們有你們的好——做一個法國人，永遠不可能像做一個台灣人那樣複雜，所以你們永遠會懂得比我們更多事情。那麼說，在性的籍別上遭遇顛沛的人，也會懂得更多？

路易有次看到一個會用「四性」的人飆罵用了「兩性」這詞的人——路易覺得不太妙，難道接下來輪到用「六十四性」的出來罵用「四性」的？這是性別史失憶的場面，「兩性」原初也是為了抵抗一性獨大，有它的戰鬥背景。四性的重點不該是分門別類，路易甚至認為策略性地恢復「兩性」有它的可取之處，但意思不是說「只有男女兩性」，而是如果能把「任何兩性」的平等弄好，多元才有意義——雙元是多元的基礎，若缺乏雙元認知，多元也不過是各自旋轉的陀螺。雙元就是，認知中，永遠保持有「我」也有「非我」的空間：Anna總是與我同在。

沛總是與路易同在。路易問：然而這就是我的雙元性嗎？這就是第三難題。

她自發地扛起認識沛的任務，然而路易的「尊沛」也傷害了路易，她曾有多以自己為中心，後來就有多以沛為中心——雙元，也有大小元的問題。

沛用一種冊封的派頭數列女友，這個神話給了沛宛如帝王對後宮的權力位置，這本身就是精緻的攻擊性。但只因為沛不是男人，沛就制服了路易。人被貶抑就會掙扎證明自己，年少時尤然，她們是女同性戀，更沒人教沒人幫著長大。路易始終覺得宣稱女同志最平等的說法，太為政治服務，會反而害人。後宮曾像迷宮一樣難走，路易出來後才懂，後宮並不自然，人可以建後宮，一定也可以建別的。「我要再次用雙手拿回我的性。」路易覺得自己的這種宣誓很好笑，但性本來就值得有願景，也要有決心。

在沛會讓路易沒有選擇地聽到床史的那時，有次沛有感而發：「其實我都沒有很爽。」

「所以妳才會需要對我描述。」——路易在心底說。而路易對自己的性生活三緘其口。

「有時，」沛對路易說：「光是邊做邊說『如果用陰莖就沒那麼爽吧？』女孩就高潮了——還不管是不是有異性戀經驗的女人。」

「妳說的這，是有幾分道理的。」路易答道。

就是因為文化過分強調陰莖的必然性與中心性，讓陰莖變得不可及或不須及，結果即使對直得不得了的男人，也充滿誘惑——然而，當局面變成如此，真不知道，所謂「直得不得了」的男人，還存不存在。

「圈圈，我們用它象徵女人的性器與性，玩套圈，是鼓勵女生，有自己的手勁，喜歡自己的性慾、主動出擊。」路易好想死，阿儀幹嘛把保守的阿儀媽媽帶來募款園遊會？路易只準備了這篇稿，十九歲的她不懂打混，只想阿儀媽媽聽完她流利的朗誦，就要化為厲鬼打她了。

看來受驚不小的阿儀媽媽板著臉，奇怪地，沒有任何推托。她翻翻皮包，跟路易要了三次遊戲。套圈圈之前，她說道：「那我，就來給路易一點支持囉。」——路易頓時眼一濕：原來，原來我也是阿儀媽媽的Anna啊。

風流韻事

曾經有過一段時間，我用了假名過我的性生活。

回想起來，那是走在犯罪的邊緣，或根本是犯罪了——若我是個男人，刻意在床上用了假名，應該會被指責，一定是不安好心吧！女人這麼做，就還會得到一些諒解，以為是有什麼苦衷，或是某種保護措施——當然，這並不是非常公平的一種態度。在經驗過假名生活之後，如果問我，我會認為，性別或任何原因都並不是為這種事開脫的理由。但話說回來，如果沒有歷經那一段，也不會有現在的我。所以對於假名性生活，只能說「事情就是這樣了」——我做了些努力，好宣告假名生命的死亡，中止了我的雙重人生——然而，那些像是分岔開的時光，並不是無主之魂，若是要說發生了什麼事，到底還是只有「我」能說——儘管，在最初，之所以會有那麼一個「不是我的我」，是因為我假定有那麼一個「我」，只想經驗，從不想說。但是，人不是總是能控制住所有的狀況。

我也用真名有我的性生活——並不是完全因為「性」的緣故，才用假名。

他放心到留我在他的屋內，先出門去上班，我一人在屋內漫遊，看到有我名字的字條壓在電話機的底下，想了一下，我就把紙條上自己的名字撕了下來。

這個舉動替我之後的性生活定了調，我將做一個沒有真名，只有代號的人。這使我有一種安全感。安全感有時也像毒癮一樣，試一下，就會上鉤不只一下。很久以後，有次他推論我因為剛辦完某事，包包裡會有護照，趁我不備，就搶了護照，但是我又奪了回來。一個人有「誰也不是」的「特權」，是很難、很難放棄的。

我叫「路」，他叫「Ｘ」——寫成中文也可以是「哈」，是哈維爾的縮寫。不過就像他說的：「這是『什麼也不是』的東西，如果我們失去聯絡，根本不可能從這些符號來找到彼此。」我沒有說話。

本來就是為了失去聯絡，為了失去聯絡就不再找到彼此。

ＸＹＺ，Ｗ，如果說是一時興起，至少也持續了幾年，用掉好幾個字母——那時的我，是有名字的我，無法想像的放蕩。我經常在晚上打電話給某人並道：「我想過去睡。」「那就過來吧。」我騎單車，因此無論多晚去哪裡睡，通常沒有什麼問題。

有次我記得特別清楚，因為是他生日，所以他的姐姐與媽媽都打了電話來祝他生日快樂。他的一手拿著電話，另一手就在我胯下。我且沒穿內褲。我記得原因，因為我不喜歡把內褲弄得濕濕的，所以養成了一進門就把內褲除掉的習慣。

是我嗎？

我會是一個進門不到五分鐘，就光著下身在別人公寓裡走來走去的女人嗎？

如果不是因為有那兩通生日賀電，我一定不記得這樣的細節。

奇怪的是，那種用想像來說，總是為了增強刺激與色情效果的場景，一旦人真的在其中時，會發現並不太淫猥——X並沒有對他姐姐與母親有不敬之意，與其說他急著要讓我爽，不如說只是怕我無聊到。

我光著雙腿或是露出陰部，也不是什麼性的誘惑力——我一認識X，就非常滿意於這一點——他的性慾完全不依賴視覺。這事如果是他說的，可信度大概會打折扣，然而我是自己發現的。我在無意中發現這事，這讓我全身的性細胞都先高潮到想尖叫的狀態。

我不想讓他看見我的真實，他則有隱形的眼罩蒙眼。

我覺得自己中了大獎，因為我們這就是——在雙重的透明中性交。

01

很奇怪的事是，我一直對於談論性生活，找不到清楚的想法。

我覺得那是一個不好談的東西，所以，也許最好就不要談，做就好了。然而，偶爾總會有什麼模糊的感受湧起，讓我產生相反的念頭：要是我可以捉到那隻蝴蝶或是蚱蜢就好了。

我藏著一些關於性的祕密。從各方面來說，我都摸不清它們的意義，既然如此，就把它們省略掉就好了——不然怎麼辦呢？但我又感到不安，覺得這也可能是件壞事。

不久前，我去參加一個會議，在電梯裡看見了一個男人，他要去參加另一個會議，是個優良青少年讀物的評選會議。理論上，我並不認識這個，就讓我們稱他為藍先生的男人。

雖然我本人不認識藍先生，我卻離奇地，知道藍先生的性生活——或許因為在二十年前，在大部分人的感覺裡，我和藍先生應該不會有任何交集，所以人們在告訴我藍先生的性生活時，一律爽快地沒有採取任何隱姓埋名的安全措施。

第一件事，是藍先生在新婚之夜，曾不知道如何行房，惹怒了新娘，使得兩人結婚後的數月，都還不能有性生活。藍先生非常苦惱之時，求助了他的某個男性友人。這種祕密就是一個人傳一個人，每個人都得到「不要再跟別人說」的拜託，但許多人也都做了「別人」之前的人。我知道這事沒有費任何工夫，只不過在某個閒聊的場合，對方可能覺得我是保險的人選，就順口說了出來。說起來有點悲劇性的事，我們只是用「很誇張吧，有這種事」這樣的語調，就帶了過去。我看過一兩篇藍先生的小說，覺得有點唬外行人的味道。我二十歲，有很多自己的煩惱，大部分的人與事我都不十分關心。更不要說是一個沒太多感覺的作家了。

隔了幾年，藍先生的性生活又出現在我的世界裡，這次是以一個人格敗壞的文學家形象出現的。原來藍先生在自己任教的明星高中，想與某文藝少女來段師生戀，灌輸了少女一套，如果兩人戀愛就可以拯救文學的觀念。大意是，藍先生本人並沒有意願要出軌，對少女也沒有什麼非愛不可的熱情，但是他認為，他如果待在平凡庸俗的婚姻裡，他的文學會沒有出路，若是師生戀，也不是普通的師生戀，而是有著更崇高目標的師生戀，據說如此高中女生可以大大提振他的創作慾。所以少女真的愛文學，就該與他一起「突破任何禁忌」。

「這是一種要高中女生當文學義工的概念嗎？」我聽完後，為了沖淡憤慨到快失控的氣氛，半開玩笑地說。「誰會願意把初吻給這種男人呢？」一個高中國文老師「想跟妳戀愛，但又不是真的戀愛」，確實可以讓高中女生感到迷糊與新奇，但是他逮住一個機會，強吻了對方——這就使對方及其好友都痛恨起他了。妳可以想像那是一種什麼樣的痛苦嗎？她們問我。誰希望把自己的初吻，被強迫送給文學啊！好幾個人的眼眶含淚，雖然我不記得是哪幾個了。

她們之中有幾個人，因為逃了家，偶爾會有人處於半流浪的狀態，那時手機不普遍，或是還沒發明出來，我作為有點好心的學姐，住處的電話就借她們傳話，幫忙通知她們誰誰誰現在如何了，新的聯絡方式或電話號碼是什麼。也曾接到家長的電話，有哪個心軟的親人要給生活費又找不到她們，我也會充當一下保證她們拿到錢的中間人。沒有那麼自顧不暇時，我也會跟她們吃飯，事情都是在聊天吃飯時說出來的。後來我也到處搬來搬去，再後來離開了台北，就沒了消息。那是我生活圈非常邊邊的一塊，所以只有在非常特別的情況下，我才會想起她們，比如說，當藍先生出現在電梯的時候。

一個兒童文學的評論會場之外，不用說，很刺眼。

藝術家或教育人員都搞些什麼鬼，那是另一個範疇的主題，我想說的是另一件事。

藍先生的兩個性生活報告，我有很多年沒把它們整合在一起。一來是當時我都在忙著別的事；二來是，即使是思考我自己的性生活，我都時間不夠了，思考別人的性生活？大腦還沒這種排程效率。兩個報告間隔的時間有幾年，這也是為何我沒有馬上把它們兜起來想。

不過，我後來想了。我從女孩們口中聽到的痛苦，有很大一部分，是藍先生的權威。他那麼強，她們那麼弱；他那麼有氣勢——當我在幾年後，偶然間把巨鬼般的老師形象，疊合到更早時驚慌求救的蒼白丈夫上頭時，我非常驚奇。我想飛奔去到當年的女孩們面前，播放這段影片給她們看。然而很可惜，我們已經在時間之流中失散。

沒有誰有義務交代自己的性史，但只要我們對某人的性史有點認識，這人就未必能玩權威的把戲。

第一個對我說起藍先生的人，想說的是：「有比我們想像更多的人，一旦碰到性生活的困難，根本不知道怎麼辦。」——就連他求助的人，往往也不知道怎麼幫他，甚至連為什麼自己的性生活，就是行得通，也變得非常、非常奇怪起來了。

「因為我被當成是混藝術圈的，」我說，「所以我總是很小心保密我上床人數不多，人生中也不做什麼悖德之事的真相。因為這在藝術圈真是超不被看好，幾乎會讓我聲名狼藉。」

我偶爾會想起某個清晨，我在X的床上發表這大段感言時，我是多麼地快樂。X狠狠地嘲笑了我，我們實在太痛快了，在床上又打又鬧，滾來滾去，笑個不停。

為什麼？我問自己。

如果我每天都在與我這番揭露相同的爽朗心境中生活，我的日子就真的美不可言了。

然而現實卻不是這樣。

我只是在對X說這番話後，才平穩地擁有自己的感受。

其他日子裡，我更像在一個霧茫茫的戰爭中，東竄西逃，左閃右躲，希望找出一種奔跑的方式，不會被絆倒或拽住：能夠讓我說出那一番話的時刻，在此之前，從未存在。

如果沒有X，我就能做出一樣的結論，難道不是更完美嗎？

然而我很清楚知道一件事，那就是，沒有性，就不會有之後的談話。有些談話注定是要兩個人都光著全身說的。而且光著全身還不是因為在天體營或醫院。

這也不是「酒後吐真言，性交有靈犀」那麼簡單的事。

雖然就如我自承，我的性交對象並不洋洋灑灑，但是次數沒有八百萬次，也不會少於八十次——不要太被數字所迷惑，一個人只要一年性交十次，性生活橫跨十年，性交數為一百，完全就是普通得很。只是我們通常未必會計數，不然，應該不少人會有種小小的滿足感吧——想想看，我們做到的愛，恐怕都比我們唱過的歌還多——當然啦，參加合唱團或是歌手的人不能算在內。

不過，只是性交，也可能什麼事也沒發生——其中一定有什麼竅門，使得某些性交無功無過，某些性交不同凡響。

如果是想要性高潮，自己的指法最可靠——然而與別人同在一張床上的性生活，確實存在並不完全等於性快感的「什麼」。那個「什麼」，到底是什麼呢？

究竟是因為我們做了，所以我們才能說？還是我們預感我們能對話，我們才做得起來？

在那之前，我對性的肯定態度，多少背負著現代的社會壓力：妳敢說性不重要？妳敢說人不該有更多的性經驗？

我連想都不敢想——我有個堂姐寫詩，是個舞者，有陣子還是樂團的吉他手，每次我跟她見面，她總想方設法地讓我們之間，帶有一種藝術家的氣魄。她表現的方法就是跟我談各式劈腿，肉體的劈腿之外，精神上的劈腿更是談不完。嗯嗯，那麼這件事困擾妳的究竟是什麼？——我每次都像個「一無經驗」或「清心寡慾」的人，給予不是仁者就是智者的禪式反饋。有時她弄得我滿緊張的。理論上，談話是雙方就同一主題貢獻所知，她說了劈腿，妳也該說說背叛之道；她告訴妳她差點被抓到，妳起碼也講點自己的「亂搞時間管理學」才是——偶爾我覺得她之所以大談特談，是種含蓄的請求：那妳呢？妳的性生活是什麼模樣呢？

我會跟陌生人上床。——我從來沒有開口與開頭。——我不知道如果我說了，會造成什麼效果？她會更了解我嗎？我會更自在嗎？但歸根究柢，我沒有說的慾望——或許我是她說這種話的對象，她卻不是我說這種話的對象——我的對象存在嗎？我問自己。

X卻曾是對象。我很少說細節，不過，關鍵的事，性生活的關鍵事——他在場時，就變得非常容易說出口——找得到字句，也有恰好的心情——即便沒有預謀，我也會脫口說出。

這使我對我們的性的回憶非常美。

有一年，記得是我八歲的時候，我生了重病，看了好幾個醫生，得到各種診斷，但都沒有起色。大概有長達兩三個星期，我都在病痛之中。直到後來去了萬華的一個老醫生那裡，又打了針，又吃了藥，終於在等公車的站牌下，我感覺到身體有了明顯的變化。「靈了，靈了。」我邊說邊感覺到眼淚湧了出來：「媽媽，這次靈了，我的身體感覺到了。」

靈了，靈了。我的身體感覺到了。這次靈了。我的病會好。這次我會活下去。

02

我想了解能夠讓人活下去的東西。

我在網路上看到一篇很奇怪的手記，裡頭說到，在東海岸自殺了的某劇作家，在自殺不久之前，有天騎著機車飆了遠路而來，只因為朋友的聚會有「放火」的可能。我不記得文章原本的用字是什麼，但翻成最一般的話來說，就是聚會有女人，因此他可以像滅火一樣解開性慾的高張與緊繃。不知道是不是因為最後結果完全不如預期，所以手記的文字更加放肆輕狂。後來我找不到這篇手記了，所以只能憑印象說。

手記描寫的藝術家，「急著想幹」——乾渴已近非人——因為據說慾火憋了很長的時間。有沒有得×？有沒有得×？——我也想記得×的地方，真正被用過的鄙俗字眼是哪個，但那不是我熟悉的語言，所以我真的忘了。我知道，只有保留原來的字，才能讓人感受到那彷彿哀鳴與嚎叫的低下、燥熱與痛楚，但沒辦法，忘了就是忘了。

「焦黑的屍體」——儘管如此，我腦中有了這個形象。他焦黑的屍體原封不動，再飆同樣長同樣遠的路返回——焦黑而來，焦黑而去。把性慾說得像烈火狂潮，人完全被動無助，一定有人會認為，那一點都不科學。

生物上來說，不吃不喝不呼吸，真的會死；但是不性交並不是會導致死亡的生理原因——這都沒錯。可人除了生理以外，就還是有心理。「當哥德人兵臨城下，羅馬人自慰以澆熄焦慮。」——忘了又是在哪本書中，讀到過的句子。那說的就是心理。

一個人的太平盛世，可能是另一個人的兵臨城下。同情「慾火中燒」容易嗎？我想，有時並不容易。有人沒經驗過，有人可能經驗過，卻忘掉了——我曾經慾火中燒嗎？嗯，是的，就如我知道清晨第一口咖啡的甜美，我也嘗過慾火中燒的苦味。但我不敢說我記得一清二楚——我想人是有這種保護機制的，必須有某種堅持，一個人才會不忘慾火中燒的自己。

每逢有人自殺身亡時，總有人會開始同樣的想像與感嘆：要是當時他或她有性，或許就不至於走上絕路了。這是那篇手記想說，又沒明說的一件事。

這是真的嗎？倒過來想這件事，這是不是在說，如果沒把我們的性生活過好，我們就更容易自死？

也有人不這麼認為。

一個叫做莫里斯·皮亞拉的導演，透過梵谷的傳記電影說了這事。電影中，梵谷不只性能力甚強，一段在火車上的性愛，還令女友大呼過癮。「這才是生命！」她讚歎道。然而梵谷再次陷入憂鬱，又是臉色鐵青。那種與任何生趣為敵，毫不欣快的厭世情緒，還是降臨了。

看看梵谷那張臉！妳不會想到他剛射過精，而會以為他剛被毒打過一頓。性交沒有真的改變太多事，或許還刪去了先前以為「性愛是出路」的希望——或許「有」總比「沒有」好，但「有了」也不過如此。懷疑、憤怒、與哀傷的自己，依然懷疑憤怒哀傷。

如果在都蘭跳海了的那個劇作家，真的在朋友的聚會上，得以解放慾火——在回程的一路上，他是否也還是會有一張，梵谷的臉？

我不認識劇作家。然而，我「看過」《七彩溪水落地掃》。「這一齣自內容到形式草根味十足的實驗劇造成當時以西方美學為尚的劇場界許大的震撼」。我們在《台灣大百科全書》上會讀到。不知道「許」在這裡是不是錯別字。

我在「看過」上加了引號。因為，或許可以說非常可恥吧，我現在一點都不記得這齣劇演了什麼。然而，我很確定我看過。

某次我在大掃除時，翻到一疊書信，發現這齣劇的劇名，不只一次出現在我年輕時的書信當中，我們之中，很多人都看過。在信上除了這齣劇的劇名，同時還留有青春荷爾蒙的痕跡：妳和某某怎樣怎樣；看完劇後妳去他家了吧怎樣怎樣。有個女孩ＬＮ寫給我的信上說，我是去看《七彩溪水落地掃》，某某，大家以為我跟他有怎樣，其實根本沒怎樣，我更關心的是……，以下全是關於台灣前途，事過境遷只會覺得「年輕時怎麼那麼好笑」的憂國作文。不過或許也沒那麼好笑，ＬＮ的父親是台獨運動的核心分子，ＬＮ的家人，或許因為天生體質或是社會歧視的壓力，一直進出精神病院。ＬＮ會寫信給我，我實在有點訝異，這些信件都非常上不得檯面，因為我們非常糾結在那些「誰愛誰誰又不愛誰」上頭。畢竟，如果當時我是十七歲，ＬＮ應該只有十六歲或十五歲吧。

我不記得這齣劇的原因，我很清楚。因為我是跟俞明傑一起去看的。整個晚上，我們肩並肩地蹲在一起——戲是蹲著看完的，在戶外。而我因為整晚都在煩惱，究竟怎樣我才可以和阿傑更進一步，苦悶得不得了。嗯，簡單來說，就是，那一晚我對性慾的興趣，遠遠大過了對戲劇，文化，或是台灣前途的興趣。至少在那一晚，那是絕對的。我自己知道。

為什麼他都不碰我啊？那個時候所謂的「碰」，說的真的是「碰」——幾年前，我和學姐談過戀愛，如果是學姐，她就有各式各樣的方法來碰我，有時摸一下我的頭髮，有時從後頭開玩笑似的抱住我——戀愛應該是這樣子的吧！可能是一開始的模式固定成我是「被碰的」，我真的很煩惱，不知道自己不被碰的原因。如果是我碰人呢？不過，那會不會太假啊？比如說，如果我要碰阿傑的頭髮，到底要編什麼樣的理由呢？

在回家的公車上，我因為整晚都靠在喜歡的人身邊那麼近，又彷彿「一無所有」，心情真是壞得要命。所以，當我回到家後，只能就「阿傑的笑容」

一事，想了大半天。他應該一點都沒發現，即使我們在公車上，我都沮喪得說不出話，我先下車時，他還是笑得非常開心地，對我說：「那我們下次再見囉！」

也許對當時的阿傑來說，只要找我去看電影，我就會去；朋友聚會完畢，兩個人一起離開，會藉口公車太難等，一起散長長的步，大概就很夠很夠了吧！

總之，《七彩溪水落地掃》的內容，就如此，被我高張卻不知拿它如何是好的性慾，完全犧牲了。雖然說，在那段日子裡，如果有人要問我心得，我大概也掰得出來一些話。

《七彩溪水落地掃》，就是「我好想要有身體但都沒有」的一整晚。不過，那還不能算是「性慾中燒」——比起來，那個十七歲的夜晚，只能說是「小火慢燉」。

我不自覺地，在其他男人身上，也尋找阿傑。比如說，以斯邁爾好了，我跟他又再次開啟那個「一起散步看電影」的模式，就是因為他有某些地方，會讓我想起阿傑。

有一晚，以斯邁爾跟我說，他身上穿的內衣非常特殊，他就那個質料做了詳細的說明，說那是法國農民獨有的一種什麼什麼，具有歷史的價值。當時我們邊說話邊從咖啡店裡，走到店外了，他在馬路上，把外衣掀起來讓我看他那歷史的農民的內衣，我問他：「我可以摸嗎？」他點頭，我就把手放在上頭了，聽到他繼續道：「我希望妳可以一直、一直摸下去。」我馬上大笑著揍了他——那瞬間，《七彩溪水落地掃》又閃過我腦海——啊！年少的、年少的性慾啊！要是當年阿傑也有農民的內衣就好了啊。

摸。摸過一個人身體的那種重要性，莒哈斯在一個錄影中這麼說……。

阿傑從來、從來都沒像以斯邁爾那樣開我玩笑。妳是一個嚴肅的女孩子，有次他這麼對我說。那是一種不好不壞，但他要告訴我「是什麼就是什麼」的時刻；他還說：「妳永遠永遠都不要忘記，這就是妳，妳是嚴肅的。

妳不必變成別種樣子。」我聽了很高興，我雖然想跟他上床，也為此而痛苦，但是聽他的口氣，他至少有把我當一回事，連我是一個嚴肅的女孩子，他都這樣鄭重其事地告訴我……。雖然我很想辯白：不不不，請當我是一個隨便的女孩子……非常非常隨便的女孩子就好了。我騙不了他，有些人，妳就是騙不了他。

我那麼想跟阿傑睡，卻又總是動不了，除了年少無知，還因為，我也很害怕傷到阿傑。這大概就是所謂嚴肅之所在。你或許是男同志吧！我們都長大後，有次我輕輕地問他。因為我想他如果是男同志，我就該改以愛男同志的方式愛他了。不，我跟妳保證，阿傑說，我不是。當時他還笑了。他不是會害怕被歧視的那種人，我相信他說了實話。有陣子我想過，阿傑若是男同志也不錯，這樣不管我變成什麼樣，我都不必因為避嫌，而失去他這個朋友。

阿傑會怎麼想，在都蘭投海的劇作家呢？我們談過木漉，木漉在車子裡用一氧化碳自殺。我不是那麼喜歡阿綠，我說，她太健康了。我比較喜歡直子，直子對我來說，才是真實的。

不過直子，直子可是有勇氣替死去男友的好友口交的女孩喔！這句話我們誰都沒有說出口，可是一定兩個人都想過。我們是跟木漉綁在一起長大的。那時我們對憂鬱或悲傷，都沒有概念。我們只會對彼此用從那本小說繼承下來的語言，說：最近，螺絲沒有鬆掉吧？

我作過一個夢。夢裡阿傑對我說：這些年，妳完全忘掉我了吧？而我哭著說：對不起！對不起！如果不這樣，我就沒法開始我的人生啊。我總要找一個，一個能跟我性交的人呀……。

03

只是說，「我也曾性慾中燒」是不夠的。我們可以把性慾中燒真的看作一種火勢，它有可能燒著燒著就自然熄滅了，也可能燒到不該燒的東西，比如別人的身心安全或空間——當它有一個犯罪的結果時，無可避免地，我們必須處理那個犯罪的損傷，不過也因為不可能抹除犯罪的部分，慾火中燒一事，除了被妖魔化，也會被限制在犯罪的概念裡。比如說，某些因為性慾被燃起，就開始殺小動物、殺小孩、殺男人或女人——那麼極端的狀況，我沒有經驗過，所以它不在我談論的範圍裡。我認識的性慾中燒，比較接近看來會無疾而終——但是事後回想，也許也並不是那麼無疾而終——靠著某種性的眼神，我們會看到，它仍留下了某些就如燙傷過的疤痕或是，更嚴重的，斷肢，甚至壞死的器官也不一定。

我第一次性慾中燒，之所以還能存在我記憶中，是因為它以數個月，強烈且無法消解的頭痛形式，與我共存。我並不是一個有頭痛體質的人，除了那段時期，我這一生，頭痛的次數，大概不超過十次，而且多半只是一粒普拿疼就能緩解的感冒或月經頭痛。然而，發生在我十五歲時，長達數月的頭痛，就連止痛藥也起不了作用。那時發生了什麼事？很簡單，就是我愛戀的學姐畢業了，她不只從我生活中消失，而且很快地，就在高中校園，與新的人配對，展開遠比國中生要自由與快樂多了的戀愛。

我有一種被鎖在牢籠裡的感覺，一歲的差距，國中與高中的差距，在那時，是種銅牆鐵壁般，打不破也撞不開的差距。高中生可以在離家遠一點的地方活動，只要懂得填假單，偶爾蹺課也不是問題，因為沒有立即的聯考要準備，父母與老師一般都不會像盯國中生那樣，把高中生盯得那麼緊。當我們同在一個校園時，雖然差了一個年級，我們總是可以藉著上下學走路到學校的那段時間，或是午休與下課時間，陪對方走一段路，或是看對方一眼。

雖然每天都可以找機會碰到面，我們還是以每天一封信那樣的頻率，互訴衷曲——那些情書當然幼稚得可以，然而我每天像寶貝極了的續命丹般服著它。

沛去上高中，瓦解了這一切。如果以前只要沛來對我說幾句話，摸摸我的頭髮或拉拉手，就能平撫的性慾，現在只能靠自己了——而我還不懂——佛洛伊德的術語，會說那是一種利比多的撤退。而我用比喻來說，那就像一個人本來要外出飆車的勁，現在同樣的力量是車子倒退來來回回地輾壓自身了。

把狀況都推給年齡、教育或是不懂同性戀也是不完全的，這段關係同時也包含另一個元素，那就是沛並不忠誠——至少對我不。她是有許多風流韻事，並且每日一爆卦的那種大眾情人，而我基於不服輸的精神，也以後起之秀那樣的姿態，急起直追地布局我的風流韻事。所以，儘管在我內心深處，我很知道，那是為了與沛拚局，但在不知情的圍觀者眼裡，看到的，更像兩個玩世不恭的國中女生，以各自雜亂的情事，互較高下。想起來，真不可思議，我在十三到十五歲的那三年，玩曖昧玩得比人生任何一段時期都還凶、還猛、不擇手段、不顧一切。

玩曖昧與曖昧是不一樣的事。怎麼辨別？如果妳的曖昧是隱藏的，那就是曖昧；如果妳的曖昧是要披露讓曖昧對象以外的人，更覺得曖昧——那就是玩曖昧。曖昧是曖昧雙方爽到就好的事，玩曖昧如果沒讓另一人激動，就是無功而返。妳與某眉目傳情，是曖昧，但妳與某眉目傳情，要讓妳與某之外的人知情，而猜測兩者存在波濤洶湧，那靠的就是玩曖昧。

我玩曖昧必定是玩到近乎失心瘋了。我對自己那樣的作為，並不感到驕傲，但如今苛責也無用——為什麼在大家覺得純真的年紀，我們做著一點都不純真的事呢？我有一個答案，年少時，對於自己是什麼樣的人，其實是毫無真正的自信與自知的。一個人能夠說，請愛我原來的樣子，她至少必須知道自己的樣子是什麼。然而，在青春時光裡，我們感覺只有被愛的人才有人的樣子，所以，不管自己是什麼，只有把「被愛」這種樣子不斷往自己身上攬，才覺得可以讓戀人重視自己。往自己臉上貼金的人，是因為不知道自己的臉有何特殊與價值，玩曖昧，就是往自己臉上貼金，還要人家相信自己本就是金打的一種，行事，或行竊風格。

然而，慢慢地，我玩曖昧，玩得越來越不好了。

借用對古代妓院的描摹詞語，妓女一旦對某人動了真心，就是打她罵她威脅要殺了她，她都要失去做紅牌的動力了。我動了真心，不過也沒有得到真心，所以就是一邊失去了紅牌的排場，一邊在十五歲就體會到色衰愛弛的滋味。一個人的樣貌要在十四到十五歲中間，就變得大相逕庭，這是不太可能的。色衰，是在心理上先失去了想豔照四方的動力，而一點點、一點點地寒酸慘淡起來。

我開始灰暗與悲觀。這種慾火中燒的最可怕之處，在於它是沒有對象的。普通說到慾火中燒，都以為說的是，對著某個對象在燒，但那一次，慾火之所以中燒，在於我不再想對沛怎樣了——也就是說，不管那時沛對我說什麼，或是仍如過去那樣摟我抱我，也沒有用了，因為在心的判準裡，沛不再是對象了。那種燒，是空燒。

在性慾的問題上，對象的認定，往往是最關鍵的一處。那人還在妳面前，但妳心裡已經將她從對象的認定上撤離，她就不再是對象。一個人思忖自己的性生活，很少能夠擺脫對性對象眾寡的直覺與想像進行。直覺與想像，我必須說，那是種可能對，也可能錯的東西。

俗語總勸人道，天涯何處無芳草，何必苦戀一枝花。意思就是，只要把尋找性對象的眼光放諸四海，性對象絕不會短缺。邏輯上毫無瑕疵，但一放到現實裡，馬上就會出問題。

天涯？怎麼天涯？有些人即使走到另一個城市，都不可能，哪有那麼容易天涯？或許不要一下就以雲遊各國那麼高的門檻來說，沛去讀了高中，理論上，我還有一整個國中，全校的同學可以考慮呀。國中隔壁，還有另一個國中，這樣加起來，人數不少，難道就不能大大提高對象人數嗎？坦白說，我自救時，用的方法還更寬廣，不是有筆友這東西嗎？同學的哥哥，朋友的朋友——我可沒有劃地自限。全台灣的國中生都在考慮範圍內——高中生就只有朋友的哥哥了，不知為何不太考慮比自己大太多的人，可能因為還很封閉，也有點自我中心，覺得年齡差不多的人比較可愛。總之，筆友五、六個。——我不是一開始就坐以待斃的女孩。

這就要碰觸到一個更根本性的問題了。我稱它為人生中的「可幹性」。這是從英文的fuckable這字來的。我不知道這是不是英文的常用字，我是從一首從新詩改編成流行歌的歌詞中，學到這個字的。每個人一開始的「可幹性」就不同。

褚威格在研究卡薩諾瓦時得到過一個結論，他說，基本上卡薩諾瓦的性對象群非常廣大，能夠激起他性慾的女人很多，大抵胸部豐滿一事就可以讓卡薩諾瓦神魂顛倒。我們一般人應該是沒有這種能耐，如果把卡薩諾瓦放在「可幹性」光譜最大值的一端，性慾總免不了受各種因素而窄化的人們，應該會往另一端逐漸遞減。雖然我期待自己是一個「可幹性」較高的人——就算不到卡薩諾瓦的程度——然而我在年少的經驗裡，卻不無驚懼地認識到這個現實，如果放任我的天性不管，我是一個「可幹性」極低極低的人。

在把對象集中在沛一人之時，我的可幹性數值是1，意即，只有一個人真正喚起我全面的性注意力；而在失去這個對象之後，數值馬上就掉到了0。大凡我們聽到某某癡心只愛一個人，就可以翻譯成「可幹性等於一」。有時這也並沒有什麼不好，一雖然是個小數目，但只要擁有，人也可以非常滿足到根本沒有意識到，「一」是個多麼危險的數字。一場車禍、一個情敵、一種變心，都可以把「一」化為無。

不是每個人的「一」都是一樣的。在關係從來都不穩定的狀態下，我下意識地知道，我的一始終在零與一之間閃爍，時有時無。我說的「可幹性」並不考慮現實，如果某個人迷戀10個搖滾歌手，在想起他或她們時，就感覺到自己全面的性舒展，即使這10個搖滾歌手有5個已經過世了，另外5個歌手他／她終身都不會遇見他／她們的本尊，那麼這人的可幹性也還是可以說它是10。一個人有可幹性是10的數值，我覺得，這樣的人生大抵不算不愉快。

現在我可以說了，即使可幹性是0，也沒有那麼嚴重。因為我有長長的一生可以回顧，即使在很長的時間裡，可幹性都保持在0這個數字，還是一樣活得下去。而且，如果把搖滾歌手也列入可幹性的範圍裡，除非妳是百分之百的音癡，那麼可幹性真的低到零的機會，並沒有我們想像的高。

不過，當我第一次從1降到0，且在一年之中，無法改變數字時，我以為，那就會是我一生的寫照。

少女在「可幹性」的意識上，可以錯得多麼離譜，就如以上所述。

04

二十三歲時，我的「可幹性」焦慮，進入休眠狀態。

當時我被視為能夠維持兩年以上的同志關係，而被大大小小的女同志，視為表率。那段關係持續了六年左右，就連X聽我提及，都深感羨慕佩服，他三十一歲，還沒成功建立過任何一段三個月以上的關係，他開玩笑說，如果他跟我能夠有六個月，對他來說，就代表了他有了長足的進步。至於我，我正從惡夢中逃離出來，無論如何，都不想有固定或長久的關係了。

必須端看你是什麼樣的人，會給予六年的專一性生活，什麼樣的履歷評價。如今它對我剩下的唯一意義，幾乎只是使我可以說，我不是對婚姻中的性生活，一無所知的人。

雖然說，那時的同志婚姻尚未合法化，有人會說，那不正式或是沒有保障，但我認為，我是盡了最大的力，不讓任何歧視能夠傷害它。有次我在上洗手間時，一個朋友在洗手間外跟我說，她和女友還沒分開，但她剛出軌了。跟男人嗎？我記得我從洗手間出來，一邊洗手，一邊聽跟在我身後的朋友訴說。我沒有進入任何朋友的情緒困擾中（從我認識她以來，她就經常在困擾），問她：「那對妳女朋友會是很明顯的傷害吧？妳明明知道。」她說我說的對，繼續喃喃自語。

我提及我當年的輕率，並不是要標榜道德的純潔性，而是說，曾經一度，我的精神狀態是這樣。我知道法律歧視，社會歧視，但所有的歧視會止於我，所有的困難會止於我，我要做那種真正的同志，在法律還不能幫，社會還不能助的時刻，我就可以給——跟我在一起的同志不必恐懼擔憂，我會因為環境的劣勢，做出傷害關係與信任的事。如果我的性慾不足以支撐我，我也要堅忍到底，我可以悲傷，我可以寂寞，但我唯一不犧牲的，就是我的婚姻——你／妳可以說，我簡直就像最保守，也最不自我的那種，女性解放運動之前的女人了。後來我當然還是清醒了。

如今我非常希望同性婚姻的各種保障能夠快快落實，落實到有一天，任何人無論中止同性或異性婚姻時，都不至於感覺到，我是站在社會壓迫的一方，都可以更輕鬆、自在——都可以說，這只是因為個性不合、感情不合——而不是因為誰承受了更大的壓力，想從被邊緣化的角色中逃脫……。在那些同性婚姻合法化五年或十年以上的地方，有更多原本是異性戀的人開展了同志戀情，也有更多原本是同性戀的人進入異性戀的關係之中，無論他們本身或是周圍的人，都逐漸不再視任何選擇與改變是「勇敢」——人們在兩類關係中來來去去，端看機緣與需求，也許在同志與非同志兩種族群中，都有比較死硬派的人宣稱，自己族群的性傾向是較好且不可更改的，但在人們的實際生活中，能夠進行雙邊可變性的人逐漸增加，藩籬是慢慢少了。

在關係第一年中的爭執，我想可以把它當成磨合期的必然現象。不過，就算一度我對同志存有那麼誠意正心的態度，在婚姻的第二年中，危機就出現了。

具體的情況大致是這樣的：在我與小白同居的第二年時，我更受到另一個朋友的吸引。我覺得我不離開小白，去追求她，根本就不可能。我於是做了在當時講求坦誠氣氛中，會做的事，我對小白老實說了。小白的反應是：「愛麗思一點都不適合妳，妳再想想吧。」

她說的話與愛麗思很像，愛麗思也說：「小白一點都不適合妳。」

事情發展最奇怪的地方是，在我對愛麗思情慾高張，但尚未付諸行動的期間，有一天，愛麗思在無意之間，徹底地滅了我的情慾——那件事不可思議地小。那時我在做我的第一齣戲，愛麗思與我開始變得無話不談。相反地，學醫的小白則很煞風景，因為只要論及藝術，她的看法，總是令我感到不可信賴。我相信那些年，她把我一切做的事，都籠統歸在發揚女同性戀藝術與地位這個區塊裡，而因此全力支持。

要是我跟她說，事情沒那麼簡單，「我不想給觀眾明確的解答，我覺得要創造更多的感受，讓觀眾自己找到答案」，她就會很想結束談話那樣，對我說，細節的事妳怎麼做都好，我就會很生氣地說，這怎麼會是細節？這才是關鍵。

儘管小白說，細節我自己決定，但她總是希望戲劇更感人，甚至更明確一些。我們時不時就會出現這一類的僵持：她想要去看好萊塢的商業大片，因為據說片中出現了一個女同性戀；而我認為那幫助不大，我寧可去看某部藝術電影，即使主角都是異性戀，但我會在其中學到批判精神與手法，我才更可以保有我的獨立性。愛麗思認為這就是我和小白本質上的不同，用愛麗思的說法來說，我和愛麗思都沒有那麼容易被體制收編。當愛麗思說，路路是真正在乎藝術與創造性的人，她的意思就是，小白不是，小白徹頭徹底就是一個冒牌貨。

在這一點上，我認為愛麗思沒錯。有次小白讚揚了某個作詞人，虧了另一個，原因只在於前者混得更好，我就氣得不想跟她說話。在我身上，對藝術的熱愛就如對真理的熱愛一般，我可以犯錯，但我不可以有一時一刻是不真誠的——阿傑說的嚴肅性，大概也肇因於此。愛麗思更加激起了我這部分的個性，因為她還時常質疑我，認為我可以更基進、更實驗、更顛覆——這樣你／妳就大致明白，小白、愛麗思和我——我們的三角關係像是什麼樣子了。

有一天，愛麗思又以同樣廢寢忘食的熱情，跟我討論戲劇。我覺得我已從各種角度剖析了我的想法，愛麗思仍不滿意，她希望藉著討論，「把問題談得更透徹」（這是她的口頭禪）——一個妳覺得她十分有魅力又健談的人，想要與妳深入討論，這是我一度感動到，甚至被激起源源性慾的情境，但在那一天，忽然變質了。

「愛麗思，」我說：「我累了，我現在的狀況，不適合再討論下去。」

「嗯嗯，我知道。」愛麗思道：「但有一個部分，我仍然不十分明白……。」

「愛麗思，」我說：「不是我不想跟妳解釋，但我……。」

「我只要妳再就一個地方……。」

「愛麗思，」我再次掙扎：「我想休息了，明天還可以討論啊。」

就在這時，我有了一個經驗，我把它稱為「愛麗思摁到了我的死亡開關」。

事實上，愛麗思十分無辜，如果是其他時候，她表現了相同的執著，在我眼中，她只會顯得又性感又可愛，但在那一刻，就像人們在一見鍾情時，會感到幸福的心跳加快，我感到心臟停止跳動的恐怖。

當天晚上我就跟小白說，我跟愛麗思結束了。

後來我與愛麗思做了非常多年的朋友，在她情場不得意，對自己喪失信心時，我會為了安慰她，把自己對她的慾力形容成「強大到我認真考慮過離開小白來跟她」——但是略去「死亡開關」這一段。愛麗思往往憾恨不已，問我，那為什麼我沒有把出走的行動貫徹到底？我只能說，覺得兩人還是不適合。關於「死亡開關」的祕密，我始終都沒有說出來，如果跟小白說，她只會覺得愛麗思的個性，本來就很煩人；如果跟愛麗思說，她會覺得她沒有被公平地對待，我竟然把雞毛蒜皮的事放大成死亡開關——只有我自己能正確理解的事，還是別說出來的好——那是一件大事，身體走得比頭腦快多了。而且那是不可逆的體驗——我對愛麗思的慾念不是減弱，而是涓滴不剩。原本強到想要舔遍她全身，讓她發出所有可能最羞恥又最快樂叫聲——那麼看似所向無敵的洶湧性慾，竟然會被一剎那的疲倦完全殲滅。

大部分時間裡，當我們談到情慾時，我們都相信，有過就可能再來一次，舊情如死灰，總是可能復燃，人只能靠意志或理性，迴避曾經電過自己的人。我大部分的經驗，也可以放在這樣的範疇。然而，牽涉到死亡開關，完全就是另一回事。

如果那一天我不是排戲排得特別累，如果那陣子我吃得更營養一點，也許死亡開關就不會被摁到，但是，說這些都沒有用，這不是知不知道的問題，它是不能被體驗——一旦妳體驗到了，就形同所有的性器官都被摘取不剩，再也不可能像造雨般造性。我完全放棄了愛麗思，這不是我的意願——跟一個妳不再生得出性慾的人朝床上走，那就形同讓對方變成活寡婦，自己也是活死人——也許你／妳還是能做出性的動作完成性事——但「以偽性而性」，沒有比這更殘酷的事了。戀人們讀到此，或許都想知道，那麼，我們要怎麼知道，不要摁到對方的死亡開關呢？是要更體貼嗎？是要更聰明嗎？

答案是，我們不知道。

在被摁到死亡開關之前，我不知道這個東西的存在。因此，性慾就是會擺脫我們的控制，往我們不想像甚至不知道的方向發生。一個人跟很奇怪的人在一起，一個人罔顧任何現實上看起來「好」的決定而性，有可能真的缺乏判斷力，但我總是懷疑，儘管有種種不合理或不美好，這些關係中，或許一直存在另一種體驗，那就是他們都被摁到與死亡開關相反的另一個鈕，他們摁到過反死亡開關，或說生之開關。

但就像死亡開關是隱藏的，我們也從來都不知道，生之開關的確實位置。在這一時，對某人來說，給他一段音樂就會打開他的生之開關，但在下一個時刻，也許生之開關已經游移到別處，同樣的音樂，就只是音樂而已。

這是一個悲哀而近乎宿命的發現，關於性慾，沒有誰是完全的自己。性慾會翻臉無情。雖然它也可能鐵樹開花，或者，有時也能讓，水往高處流。

05

說愛麗思是第一個讓我發現死亡開關的人，並不完全真實。當我想起小威時，死亡開關的影子，也已清清淡淡地存在著。

小威是我小學一年級的同班同學，也是當時我最「鍾意」的男孩。我最後一次看到小威時，他正和另一個男人手挽手地，進入一個同志與影像的文化辦公室中，在這之前，我也有幾次機會，看到他和男朋友，親密地在幫同志權益的活動擺攤——推論他最後長成了一個還算幸福的男同志，我想，大概不會錯得太離譜。

不過，我記憶中的小威，有過非常詭異的另一面。那時他就很會畫美少女漫畫，七歲時的他，就能畫美少女大眼睛裡的閃閃星光，使我折服不已——我一直與米老鼠與唐老鴨奮戰到十歲，米老鼠與唐老鴨都還像壓扁的餅乾，一點都不神氣活現。小孩表達情意的方式簡單又直接，每天下課時候，我會挨在他的桌旁看他畫娃娃，娃娃畫好了，我就會說：「給我。」他就把娃娃畫給我；有時他也會自動對我說：「給妳。」一天下來，他大概總要畫三到五個娃娃畫給我，長久下來，那些娃娃畫，厚得可以出書了。

這是我們之間，明媚的儀式。但也有，不是那麼明媚的……。

我說不上為什麼我喜歡他，長大後偶爾我會問與我當年年齡相仿的小孩，和哪個同學要好，為什麼好，通常小孩都答不出來，有次有個小孩說：「因為他是一個好孩子。」——令我忍俊不禁，當年的我，也可能這麼說：因為小威是一個好孩子。不過，我們之間發生了幾件事，使我後來從不會提起他。也讓我很難在心裡說，小威是一個好孩子。

他在畫畫的時候不太說話。但當他開始說話時，他說的，全部都是，即使大人聽到也會瞠目結舌的腥羶色。而我是他最忠實的聽眾。

就像我是他的畫迷一樣，他畫畫時我一動也不動地看他，他在說故事時，我也是一動也不動地聽他。到底那對我來說，是種什麼樣的經驗呢？戰慄是確定的，因為他說話的口吻，就是在嚇人。

開頭有個女人在路上走，中間是一個或數個男人出現強尖了她，結局則多以女人被殺或被肢解結束。強尖、強抱、輪抱與尖殺這類聳動的字眼，可以出現好多遍。小威最常使用的一個字眼是「先尖後殺」。

我們通常蹲著，我邊聽小威的故事，邊拿小石頭或樹枝在沙地上胡亂畫著。有一天，一個隔壁班的老師走過我們身邊，我抬起頭來對老師說：「老師好。」老師流露出「小孩真是天真無邪啊」那樣憐愛的表情，對我們笑笑；我突然有了意識：老師會昏倒！老師會昏倒！

如果老師知道小威在說什麼，我在聽什麼，老師絕對不會是那個表情！不只是老師，任何的大人……，我和小威的世界是個祕密，只要任何一個大人聽到，他們一定不會同意，一定會處罰我們。為什麼？我卻說不上來，我們在做的一定是「壞」事，是禁忌，但我並不明白問題在哪裡。

小威的「一千零一夜」持續了好久，我既入迷又快樂，我感覺自己享受的是一種「特權」，我認識的任何人任何小孩，都不知道這些特別的故事，也沒有人像小威一樣，能清楚地吐出這樣的句子「那個女人苦苦哀求，四個強抱犯還是撕破她的衣服，輪抱了她。然後他們就一刀把她殺了，丟進河裡，就是我們學校旁邊的那條河。」

然而有一天，我就不想聽小威的故事了。那是當他說到，那些強抱犯強抱完女人，就把她殺了，然後割下她的兩個乳房，蘸醬油吃了。醬油？我很清楚記得那一刻，神祕忽然消失了。小威不再迷人，我覺得他長得有點太瘦太小，好像營養不良。

那是小孩覺得「故事有點爛或這樣不好玩」的時刻。

通常當小威說完各種「割下乳房」、「砍掉四肢還有頭」、「把她切成好多塊」、「強抱她二十幾遍」或「挖掉她的眼睛」時，我都無異議地聽過，毫不在意，也總讓小威發送的電流竄過我的身體，興奮得微微顫抖。

但是「蘸醬油吃了」觸動到我心底的什麼。我就此一去不回頭。

是因為媽媽有時會派我去雜貨店買醬油嗎？

是因為晚餐時候，有幾道菜，大人教過我要蘸醬油吃，會更好吃嗎？

割下乳房很恐怖，如果不是越來越恐怖，小威的故事，就沒有驚奇的成分了。如果只是更恐怖，好像還不至於，破壞我聽故事的興致才對。滑稽嗎？可笑嗎？我的心中，突然出現叫做「道德底線」的東西嗎？一切都重新開始了。

下課鐘一響，我馬上就衝進跳橡皮圈的一組。不久，學校流行起跳遠比賽，我們分成了小青蛙隊與小蚱蜢隊。我很擅長跳遠，大家都搶著要跟我一組……，世界好大。

在這些遊戲裡，沒有小威的影子。小威去哪裡啦？我沒有想，也不關心。

06

我們九歲，小學三年級那年，小威已經成為眾人公開的笑柄。

「三年七班的那個——。」同學們在空白停頓處學他撥劉海、甩頭髮——小威的髮型還是男孩的髮型，但他似乎總想像他有披肩長髮，總是甩呀甩的。不記得有沒有人叫他「娘娘腔」或說他噁心——印象中，我們對性別氣質的威權分派還沒清楚的感受，大家嘲笑小威，想的似乎還不是他「不像男生」，而是他「太奇怪」。小一時，從沒看過他那麼誇張⋯⋯。

有次我送教具，經過操場時，正好看到小威的班級在打躲避（球），小威在場內。他在場子裡像跳芭蕾一樣轉圈圈，但是沒有舞者飛鏢般的力道，而像昏了頭的老鼠——小威在幹嘛？他不知道這樣很容易「死」嗎？

我很愛打躲避，大家在玩時，都會發揮自己身體的優點，有人靈巧，有人迅猛，有人為了「不死」會做出超怪的姿勢，只要「不死」，大家都會很佩服，都會覺得可愛。我當時很驕傲自己常常是隊中「最難被打死」的一個。小威的樣子明擺著「找死」——「碰」的一聲響，我回過神，果然是小威被打個正著。我的小情人，我曾經的小情人⋯⋯，遜斃了。

遇到同學拿小威說笑時，我雖然沒有跟，也沒有多說什麼——那時我是很有權威的小孩，我若出聲說，不可以取笑某人或欺負某人，所有的人都會聽我的。但是我和小威……。

我跳橡皮筋與跳遠的那段時間裡，我沒有想過我是「在跟小威結束」，而只是單純地「變了個人」——有天小威再次出現，令我完全意想不到，竟是以一封信的形式。

就像七歲的小孩畫娃娃畫得那麼好、「先尖後殺」的故事那麼超齡，那封信，也一點都不像出自兒童之手——如果不是信中百分之八十都是注音符號的話……。

我覺得那是一封恐嚇信；然而又像情書。表達情意的部分，因為我已意興闌珊，所以很消極地讀它，我更努力想看懂的，是小威滿懷妒意語帶威脅的那部分。雖然是用注音寫的，我也知道「水性楊花」是很難聽，罵人的字眼。「沒想到妳是一個水性楊花的女孩。」我的天！只是，我雖在下課時加入了團體遊戲，並沒跟誰特別要好啊。這個部分，小威倒是像「捉姦」一樣，人時地都舉證鑿鑿。我沒看懂還好，看懂以後，我氣得七竅生煙。

原來小威在某個星期天，看到我在學校溜冰場跟林淑娟（就是家裡開醫院的林淑娟，沒錯，星期天時我曾和她一道）和一個男孩一起玩。我對那男孩「情深意重」，令他「心碎」。男孩？那是林淑娟和我不得不當臨時保母的林淑娟的小弟弟。小威叫他「男孩」？那根本是個「嬰兒」好不好！我和林淑娟若不牽著他，他連路都走不好！

小威立時從只是用醬油讓故事走味的說書人，降格成白癡一個。會想讓誤會冰釋，那是十七歲的女生，七歲的我把信撕碎，下了決心，「從今以後，我恨羅宇威」。

我的感覺比「恨」複雜。我最不願承認的，是「害怕」——小威的口吻很成人，那麼怨毒、那麼凶狠；但是他的判斷力毛病大到連七歲的小孩還不如，竟以為「我們女孩子會愛上『嬰兒』」——說我會愛上口齒不清的小娃娃，真是奇恥大辱。

似乎覺得把信撕碎還不夠，有天我把從幼稚園就一起長大的君君找了來，對她說：「我不是告訴過妳一個祕密，說我喜歡我們班的羅宇威嗎？我變了，現在我恨他。」

君君不疑有他，她覺得女生恨男生是理所當然的，馬上贊同道：「我也覺得男生最討厭，老是拉我們的辮子。」

我沒話可說。小威從來就不會拉我辮子，這是不可能的事。他只會癡癡看著我而已。

或許最令人難過的事就是，說到底，這還是件充滿感情的風流韻事。若我自問小威究竟是個什麼樣的男孩，在我心底，我仍會說：「我會形容他……他是，一個柔情萬種的小孩。」

伴隨那封信的，還有一條項鍊，大概是小威以為可以用來挽回女孩子的情物——那或許是最能反映他真實年齡的東西，他給我的是一條玩具項鍊。

若要還給他，我又要跟他「糾纏不清」——項鍊於是被我塞在書桌抽屜的最深處。直到有一年，我們要搬家了，它才被我放在掌心看了幾刻鐘，然後，沒有什麼想法地，丟進代表「已經不要」的塑膠袋之中。

07

如果不是在多年後，看到移民在德國犯下性侵的新聞，有段性生活，我根本忘了。在性侵的主題上，對錯是沒有含糊空間的，人侵犯到他人的人身，這永遠非常嚴重。然而，我從經驗卻知道，在時空轉變太劇烈時，一個人的人格或行為能力，有可能不敷使用，而產生異常。

就比如說，在我第一年在歐洲時，我一度有了奇異的性癖，我會在四下無人的公共空間中自慰——不是一次兩次，而是至少長達好幾個月。如果我被撞見，這事會往什麼方向演變？我能解釋或說明我的行為嗎？怪癖發生的期間，我看上去就像一個有著合理生活的人，我有幾個令人愉快的社交圈，也不能算真正遇到「不容易認識新朋友」的困難——不管是在課業，或是劇場的實習工作，我都更像適應良好，甚至如魚得水。我沒有仔細記得怪癖開始與結束的時間點，在它結束後，甚至就不再想起。

不能說我完全失去理智。至少在發作之前，我會勘查，在進行之前，也會找好道具——一個包包或一件外套——萬一有人闖入打斷我的「好事」，我可以迅速遮掩而令對方半信半疑。儘管有著殘存的部署機警，這仍不是為了挑釁或是刺激的快樂性冒險。

的確，我也有過走在路上，因為一陣風，渾身湧起舒服的性慾，而想過要是趁著金風送爽，來場歡愛，不知會有多棒的想法。那種性慾的突發，是沒有受迫感的幸福經驗。但在我身上爆發的，比較是令人傷心的，那更像若不趕緊咳嗽或打噴嚏，身體就要壞掉的緊急狀態。

我有個朋友在大學工作，有次他在洗手間碰到兩個學生在做愛，或許是以為那時間，學校裡不太有人了。朋友說，他只問他們，需要幫他們把洗手間的大門關上嗎？我忘了他們的回答是什麼，但我朋友毫不大驚小怪的態度，讓我覺得很可愛——但我要說的是，即使在那種時候，我都沒有想起自己的「過去」——儘管我會選擇的地方，是比洗手間還無遮蔽，還容易有人來來去去的地方。

為了好玩或刺激，而在特殊的地方性愛，這我不是不認識——但是那一段介於假性暴露狂的歲月，絕非如此簡單。現在我會同情地看那個自己，當時妳是多麼無助又痛苦啊。只是妳一點都不知道。沒有高潮後愉悅的性高潮，只是用來讓彷彿將要分崩離析的自己，暫時集中在性的焦點，而不至於那麼陌生、那麼遙遠……那麼滅頂。

究竟都發生了些什麼事呢？許多事，應該是被我刻意忽略著……。

那時，我的一個多年好友B患了躁鬱症，如果只是這樣，或許還單純，但也是同女的B寫給我的信，大概因為病影響了身心，頻頻用各種不成體統的方式道：把小白給我吧！如果妳讓我搶妳的小白，我的病，我的躁鬱症就會好。——一直到現在，我想到躁鬱症，都還是有種不知如何是好的困擾。如果說病情會使她們失去普通的同理心，這或許也是種歧視——應該也有即使患了病的人，病前病後的性情，沒有太大差別——只是，我沒有那麼幸運。

這事背後還有更難以啟齒的東西，那就是，長年以來，小白對生病的女人，就有種奇怪的迷戀。不知道是不是她自己學醫的關係，她對能夠以醫學理論套進去的人事物，都有比較大的信賴與喜愛。在我和她在一起的那些年，她不間斷地「期待」：妳就算沒有躁鬱，也有「憂鬱症」就好了。把我這最真實的感覺說出來，我的感覺是，非常恐怖。

我後來一直認為，我之所以離開小白，不光是因為我們婚姻的諸多問題，也還包括了，我要從這個「沒病被期待成有病」的環境中離開。儘管我的直覺告訴我，小白只是無意識地想要弱化我，我畢竟沒有十足的信心。後來我跟一個偏拉崗派的精神分析師做了一陣子分析，我直接問他，我應該將自己納入情感疾病的類別，甚至用藥嗎？他的反應接近嗤之以鼻，他表示如果我高興，他也不反對，但他徹頭徹尾覺得，我只是在心智層面碰到了諸多重大危機——他印證了我的想法。後來我一直非常慶幸，我從來沒用藥，就找到了自己的平衡。

這是多麼不容易啊！當妳的生活圈裡，一面倒地把關愛給予憂鬱症或躁鬱症，妳卻要說：我不需要這種愛，我不是。那時只要一點點軟弱就夠了……；然而我從不覺得我是缺乏病識感，或害怕病的汙名，問題在我的感覺，我更感覺我是被小白的誇大與幻想污染著。

有天我又收到B同樣旨趣的來信，我走到宿舍的五樓屋頂，很想往下跳——這種困難遠遠超過了，所有女性主義理論為我配備的女同志的抗壓力。我的朋友生病了，這是一種無從怪起的悲哀；我的女朋友有點蠢，這當然更沒有藥醫；我的痛苦是，我為何如此倒楣。雖然痛得我想跳樓，但還是算了吧——五樓不高不低，太缺乏保障了。反正，人都有倒楣的時候。

我無法判定，我的性慾開始走發神經的偏鋒，與當時的絕境有多大關係，因為那時，還有許許多多其他的事，正在發生。

08

往後憶起，我會對於斐德列克在我的生活裡，如此不留痕跡，感到訝異。但就像先前我說過的，性慾最讓人不知所措的，就在它奇妙地不可預測。

若說誰讓我深深地體驗過性慾中燒，在沛之後，就是斐德列克。我曾日日月月地思念過沛，我卻從不曾思念過斐德列克——照理來說，這不太可能；但就是這樣。

我真正對我的斐德列克經驗有點理解，或許是一直到認識他的十年後。因為曼的關係。

曼是同學的父親，工作團隊本來要負責攝影的朋友，臨時得去柏林一趟，同學就介紹了父親來救場。曼是已有聲譽的專業人士，我們多少都有點戰戰兢兢。據說他有時就會不計酬勞來幫學生的忙，因為覺得年輕人會激發新的想法。

對於恩人型的慈祥長者，本來是會用完全無色的眼鏡在看他的。但有天我情急了，直接告訴曼，我不要他太過精準的表現方式，我解釋了我的觀點，然後我就得到令我欣喜若狂的結果——工作的祕訣就是一定要誠實，得到想要的效果，立即就給予正面的回饋，即使對方來頭很大也一樣。所以我就當著大家的面，說出曼是多麼厲害，還有為什麼。我在興高采烈的最後一刻，看了曼一眼，心裡怔住了。

曼的那個表情，使我在心底發展了一套，我稱它為「兩根陰莖」的理論。兩根陰莖的意思是：每個男人都有兩根陰莖，一根是用血肉做成的，一根在他在乎的地方。

你／妳也可以把陰莖改成性器官，說成，每個人都有兩個性器官，一個連在身上，一個在人們在乎的地方。

或許因為那時我已有長久跟陌生人上床的經驗，那讓我養成了「看到性就是性」，直截了當的習慣——我的工作也要求我不會太天真，總要保持判讀的冷靜。曾經有個年輕的女演員，說一句話就對我拋三個媚眼，我很乾脆地告訴她，好的演員不會討人喜歡，而是有自己的個性。我通常不跟工作的人睡，我們的環境很容易有人情熱如火，那是一種工作的催情狀態——高中時，我解開數學題，就會有性慾大好的快感——那時，我就知道這種東西了。我自認很少會被誤導，也很自傲，向來能幫助其他人，把這種「偽情慾」轉化成發揮表演潛能。

然而，曼的狀況，比我熟悉的工作嗎啡中毒，要嚴重多了。攝影師在乎攝影，似乎理所當然，如果只要跟他談起攝影，他的快感就會升級，這樣他的生活也太辛苦了。事情不是那麼簡單。在我跟曼對看的那一刻，我心底浮現的那句話是：他那表情彷彿我握住了他的陰莖。

——那種混合了極度痛苦與快樂的臉部抽搐——而我當然並沒有握著他的陰莖，以身體的距離而言，我們遠得很，沒有任何接觸——在那之前，我對曼連一點性的念頭都沒有。

「啊，原來男人有兩根陰莖！」那就是那一瞬間，閃過我腦袋的想法。

曼對我的態度，從那一刻起，就從溫柔善意的長者，丕變成一心只想得到更多愛撫的男人了——這樣說同學的父親，真是不好意思。我想，曼並不知道，為何在那之後，他在與工作無關的狀態中，仍然想方設法地「黏」著我，他原本是有些高冷，客客氣氣的那種人。突然他就像全身骨頭都軟了，隨時隨地都會跪下來。（他有次還真在我面前跪了下來，細節就別說了。我只是要解釋，這事的後遺症可以大到什麼地步。）我認為他是從不在性事上頭，小偷小摸到處漏電的人，因為一向自愛，一旦情難自禁，只想拚命了解發生了什麼事。在我的立場，我深感抱歉，但也不能開門見山地說：「我不是有意握到你隱形的陰莖的！如果因此讓你陷入太深，就讓我收回讚美吧。」——這樣做，應該也不會有用。

換成我是他，要克制也不容易——我所以能夠清醒，只是因為在我的位置上，我能更看到那是無預謀的挑逗，比意圖清晰的挑逗，勾引出了更不絕的慾念。曼對婚姻有著很高忠誠性，畢竟他兒子就是我同學，我略有了解。關於我怎麼樣使出不同手段，緩和曼無辜卻爆發式的情慾，這種生存技巧，不是我要說的重點，我的重點是，經過曼之後，我才更了解斐德列克。

我也是在無意之中，握住了斐德列克的隱形陰莖；只是當年我對性的了解還太少，也沒有一套「人有兩個性器官」的理論，以至於我在該放手的時候，我反而把他的陰莖握得更技巧，動得更快，也停得更好——因為那是隱形的，才會使我誤以為無關痛癢——在性生活一事上，頭腦比身體危險多了。

我一定不是第一個說這話、發現這事的人，不過，這種事總是這樣，概念上以為很懂的東西，真要明白它在現實中運作起來是怎麼回事，總在付出代價後。

09

我向來是打籃球的，若是踢足球，那就不關我的事——我覺得可以用這個比喻，表達我一開始對待斐德列克的態度。

我是同女，只要對方是男人，我無論如何，都只做壁上觀——是足球就不關我的事，你們踢吧，我再如何指指點點，也不會下場，因為我是籃球隊的，不會玩在一道。所以，當我猛然發現自己慾火中燒之時，我既覺得冤枉，更氣搞不清楚，是怎麼走到這個地步的。

斐德列克是我朋友舒舒的朋友，我們在舒舒家辦的派對上認識。舒舒介紹斐德列克，說他也算劇場人，「我們只是業餘的啦」，他很不好意思地說。他在國中教歷史，舒舒說斐德列克和朋友有個研究亞非詩歌的計畫，要斐德列克有什麼問題，可以問我。我問他通常都去哪個劇院看戲，他去的幾個地方，我剛好都去過，這當然很令人愉快。——我要離開舒舒家時，斐德列克給我一張小傳單，請我若是有時間的話，可以去看戲。「索因卡！」我毫不掩飾我的眉飛色舞：「索因卡！你們要演索因卡的戲！」我想起我曾擁有的那本敦理出版的《獄中詩抄》。斐德列克說了些關於翻譯索因卡的難度啦之類的事，大意就是索因卡還沒有全部的法譯本，他和朋友正在努力。

我去看了索因卡的戲，斐德列克在櫃檯收撕票，遠處有誰喊著他：「斐德列克！快來快來！快來幫忙！」他對我匆匆一笑，小跑步地跑走了。這一幕讓我覺得非常有意思，彷彿看到很不一樣的他，比較生活的，普通的。不像在派對上，大家的標籤多半以職業或研究專長作別，而且幾乎每個人都是「說話的動物」：有人在市政府工作，我們就談起文化預算；有人是美術科班，就說說有沒有去看最近的展覽。在派對上偶爾會有人給妳更深更好的印象，然而那也只是小小的、不壞的回憶。我不能說，那時我對斐德列克的注意，有超過一般的水平。

舒舒有次問我怎麼看斐德列克，「他是個童子軍，」我道：「日行一善。」「喔，妳不喜歡好人。」舒舒笑道。「我不是那個意思，」我道：「妳不覺得他有點太單純嗎？一般人到了他那個年紀，都不會那麼天真了。」他讓我想起「墓地裡的鮮花」——我沒把這話對舒舒說出口，這個意象太爭議了，就算是私下談話，恐怕也會引起誤會。但是「墓地裡的鮮花」是什麼意思？大概是說他是無用的，只有感情層面的意義。他不完全屬世。

舒舒每兩三個禮拜都會在住處辦聚會，聚會有不同的人來來去去，我對看到斐德列克，逐漸習慣了。讓我們忽然越過了只是好感邊線的事件，當時看來毫不起眼。只是因為我說了一句諷刺法國政府的話，非常尖酸，但效果奇佳，所有聽到的人都笑開了——唯一沒笑的就是斐德列克。但並不是因為他聽不懂，或是不喜歡笑點。他的注意力奇怪地從笑話偏移到說笑話的人——他用一種診斷與憂心的態度，說了些針對我個人特質的話。沒有人對他說的話有興趣，大家被我的笑話逗樂了，一人一句輪流重複那個笑話，並且還加碼演出。

少了斐德列克一個人的笑，並不至於對我造成困擾，雖然大半時候，我都喜歡人們會在我的笑話之後爆笑，但斐德列克的不笑，不代表他不在我這一邊，相反地，他的反應說了另一件事：妳說的笑話，顯示了妳是一個多麼傷心的人啊。

他抓住了事實——是當年的我還極力否認的，我的表面情感讓我不斷責備他，認為他過分認真、多愁善感——但只要仔細一想，難道不是傷心的人，才是過分認真嗎？

我們都不可能在那個情境當下，意識到那是一個情慾的開始，它那麼地不像我們熟悉的性吸引力，那麼地抽象。我跟舒舒抱怨斐德列克，他那麼人性，是要怎麼活下去啊？

我的女性主義教養時時提醒我，不做一個去性化的女人，當我想要一個女人或男人時，我不只懂所謂精心打扮，我對嗲工，也沒有拘束與保留——但我什麼都還來不及施展，我就進了性的版圖——那是完全不在我想像中的性版圖。

昇華啊，昇華啊，我每天都對自己喊話，妳記得這世上有種東西叫做昇華作用吧？「我相信昇華作用。」我覺得迴避斐德列克，就代表我的昇華作用失敗，這是膽怯，不是勇氣。然而每次我和斐德列克碰到面或說到話，他都會留下某個詞某個表情，讓我的昇華作用完蛋。

據說在龐貝城廢墟的麵包店旁，有人畫了一根男性陰莖，並且在旁邊寫上：「快樂就在這裡。」這可以說是最能代表我們對性的一般概念，我們說要「管好我們的下半身」，我們說「洗冷水澡可以澆熄性慾」。然而我們要如何冷卻另一個性器官，我們所知卻甚少——性是快樂的來源，但是為什麼我們那麼需要快樂？如果不是因為，太悲傷……。

當他用一種我不是立即懂得的語言表示，「妳的悲傷，我不能視而不見。」——我應該要馬上理解到，這有可能使我腦中的性器官聽到，我會用最溫暖、堅定與濕潤的舌，在妳的傷口或說隱形陰蒂上，吸吮出妳的憂傷毒素，並將它們一一舔舐乾淨……。性慾想跟悲哀配對，是有道理的，雖然「在快樂之上建立快樂」，聽起來比較健全，但人們還是下意識地希望性慾有更高尚的地位，是藥、是給予安慰的神、是逃亡時降下的救命飛毯。（憂鬱症患者對小白比較有性吸引力，我只有醫學勢力範圍之外的普通人憂鬱，我這樣的憂鬱比較卑下嗎？我不夠傷心的傷心，使我比較賤嗎？我獨自面對著這樣的迷惑，我會不會發瘋？我能夠預知，我想把同女的生命，過成有希望的樣子，結果是讓我被禁閉在這種可恥的祕密中嗎？）

斐德列克開始徘徊在我工作的劇場外邊，最後，他甚至找到很合理的原因，來我上法文課的課堂走廊外邊，然後是校門口……。每次他都會帶來一本書，一個座談會的傳單，或是一首他不懂某處翻譯的詩……。我想，顯然他也不是不想，讓昇華作用，有勝利的時刻……。

現在你問我，我不會再如此高估昇華作用——有些性慾注定比其他性慾容易昇華，有些則否。決定它們之所以不同的因素，有些我們知道是什麼，有些永遠不得而知。無論你我用什麼性身分自我定位，想以昇華作用與性慾對幹到底，有時候就是危險至極。

X在斐德列克在我生活中轉來轉去的六個月後出現。但在三個月前，我就已經有那種想法：我唯一能夠救自己的出路，只剩找個陌生人盲目上床——因為只要是人，牽涉到愛情與友情，我認為都只是造成我生命災難性的源頭。繆塞在一部電影中說：「朋友？我沒有任何朋友。」我在日記上寫：

我甚至並不想哭。我們都應該實話實說。

我很清楚，我不知道還可以試什麼，在真的別無選擇之前，我想先看看，古老的到處亂睡法，一種沒有人會正式教給妳，但在謠言中時常出現的偏方，到底有沒有效。

10

有一面牆，牆打了洞，牆兩邊的人看不見彼此，就把性器官從洞的這頭遞到另一頭，讓另一頭的人吸屌，如此從開始到結束，兩邊的人都不用看見彼此。電視上播放的是正正經經的紀錄片，這是其中很短的一段，某城某地的男同志情慾史。我初次知道時有點驚訝，覺得是相當極端的作法，後來看一本老老的、寫實風的日本小說，才知道這也不專屬於同志，很早時候就有這種設計，讓性交雙方從頭到尾的接觸僅限於性器官。我一度就此想像過各種可能的恐怖情節，比如說，在某一邊的，不是人類……。或者是，有人在性交的過程中，懷疑那嘴或那屌是假造的……。說起來，妓院的原始構想也是同樣道理，只是洞大一些，一邊不能過到另一邊的隱形牆，還是在的。

我對此沉思良久。性器官以外的部分，是那麼難承受嗎？用匿名保護身分的安全目的，這還算好了解。如果這是比較能令人興奮的性，那是因為「其餘」太不重要，還是因為太重要，所以必須將它完全置於想像？我這樣說，好像我可以置身事外一樣。

用假名性交過的我，當時所求的，難道不也就是一面牆嗎？我是那麼需要「人」，可是我不能接受「人」還會傷害我的可能，如果一切是發生在牆的那一邊，即使狀況再糟、再可怕，我都可以說，那不算數，因為那不記在我的真名名下。我並不知道，我當時的狀況，已經非常偏激了。這麼做，為的是說，任何心的作用都是徒勞的，妳曾經認識人，但認識並不足以保護妳；妳也曾經以為了解人，然而人們會超過妳了解的範圍，使了解變得可笑。人若是還有信仰——不必與宗教有關——就是單純的信仰某些東西，比如愛，比如友情——有信仰的人是不賭的，有信仰的人會活在某種按部就班、取捨有節的狀態中，只有喪失信仰的人才賭。我指的賭不是兩百塊輸贏的那種賭，而是俄羅斯輪盤的那種。

也許這次我就會碰到下流到令我不想活的東西吧？也許這次會有什麼東西更深更致命地傷害我吧？如果妳為妳的一隻小貓被車撞死而難過，只要讓妳自己被撞成殘廢，失去小貓的難過絕對就可以，大大減輕了。那就是我當時想做的事。

一定有人會懷疑，這樣做有那麼簡單嗎？超乎想像地簡單。——如果你覺得難，真正的原因只是——妳還沒有掉到某種水平線之下，妳還沒有在那種奇異的絕望之中。妳掉下去了，妳就會了——誰「會」跌倒？沒有人會。

但妳只要精神失重，妳就「會」跌倒。

X在咖啡廳裡跟我搭訕，他問我要不要跟他去他家？我說「好」。但在最後一刻我有點害怕，我就還是從沙發上站起來，告辭離開。但我走到樓下之後，又有點遲疑，不知道以後還有沒有那麼輕易的機會。所以我又回去借洗手間。我在洗手間蹭了很久。出來後，他問我：「妳是真的要用洗手間，還是妳想留下來？」我說：「我想留下來。」

結果那是一氣呵成的性交，比我過去所有的經驗都流暢。我輕易地變換姿勢，那種不假思索的程度，令我有一瞬間覺得，我好像一隻蝴蝶，好不像人。我也很高興他注意到了，因為他讚美了我的柔軟度。我最喜歡的部分是被親耳朵，過去那總是只是前戲的一部分，雖然我被親耳朵的反應會很大，但是對大部分的人而言，親耳朵本身可能不是特別有趣，所以即使我還想要，對方總是會比我想像的更早離開那裡。X則有點離奇，只要我有反應，他就會一直玩一直玩，「你會這樣一直親下去嗎？」我覺得很不好意思。「妳不叫我停，我就不會停。」他說到做到。

性本身就是很好玩。既然我不讓他知道我的真名，我也就不怕他會怎麼看我。我因此放肆地要求了許許多多的事，比如要他把陰莖順時針轉一次，逆時針再轉一次；比如要他幫我把在床上弄亂的頭髮重新綁好。他第一次幫我編辮子的時候，手抖得很厲害，我問他他人幹嘛那麼僵硬，他說，沒什麼，從來沒幫人編過辮子嘛。——我所做的，遠比用假名還邪惡，我打定主意隨時可走，但我仍然在創造有可能太有意義的回憶——我不替他著想，我是有意的。

妳究竟怕什麼？他問我。是怕我嗎？他又問。我說不是，我不怕你。他想了一下，他說：妳不怕我。妳怕的是生命。

有次他對我攤牌，他說，我之所以跟女人睡，為的是把她娶回家。

所以他也不是隨便在咖啡廳釣人嗎？我們都有那麼多假面，而我還是不肯放棄我的牆。即使在離開很久很久以後，我都覺得我是對的。我的想法是，我在我的生命裡，終於有了一些好的回憶。如果有天我的生命變得痛苦不堪，我會有個東西，我可以拿出來看一看，那會使我沒那麼痛苦。飽帶乾糧晴備傘。我想的是萬一，別的我都不要。為了好的回憶，我可以不要人。我想，這就是X說，「妳怕生命」的意思。我怕生命總會壞到我毫無招架之力。

後來幾個人，我收斂多了，我也不再讓他們親我的耳朵，盡可能只做「標準流程」——我一直以為得上酒吧或是舞廳這種聲色場所才能辦成這類事，但直到我結束我的牆之歲月，我連一次都沒去過那些場合。有一次是在博物館門口，有一次是因為我問路——那是一個搞考古的，去他家之前，還先帶我看了好幾處文化遺產，他很急色，歷史建物也沒讓他有什麼肅穆之情，一邊解說建築，一邊手就在我脊骨上下揉搓，那就純粹只是色情經驗。整個過程都是老成的色情，但是色情未必有啟發性，他的色情就是那一套，像沒有四季的國度。其他的經驗，雖然也各有千秋，但也可說平淡如水。

有天醒來，我就想到，該是我拔掉牆的時候了。幾天後，我在文化中心外看海報，以斯邁爾來跟我打招呼，我覺得這個人或許能幫助我度過這個過渡期。我就重新用一種交朋友的態度跟他聊天，就是在我到處睡之前，我曾有過的那個「我」——我們變成很好的朋友。過了幾年，有次我們在電影院外排隊買票，我在路燈下看到他的臉，我才突然發現，他長得相當好看。只是我初次遇見他時，只操心我遺失的人性是否可能找回來，竟然完全沒有注意到。儘管如此，我還是很高興，我們是這樣的關係，他不知道我的全部，但他有我的真名。我們都有性生活，有時走樣，有時還好，我們不需要睡在一起，就能彼此幫助。

有天我在火車站的書店裡，巧遇斐德列克。我覺得他完全沒有任何改變，我仍然保有對他、以及我因他吃了諸多苦頭的記憶。我對他的感情沒有改變，但我不再需要昇華作用了。

我當年的昇華作用是完全失敗的。我非常不高尚地利用X轉移了我的性慾。我做了許多壞事，活了下來。壞事不會因為有好的結果，就不是壞事。

我是從壞事得到好處的人，我盡可能地將實情稟告如上。

如果你／妳是芸芸眾生之中，得到壞事壞處的那種人，或許沒有任何真正的辦法，補償你／妳受到的傷害。而我在此，為的只是，希望你／妳終於能夠，知情一二。

後記

我的〈後記〉都會寫出一些奇怪的東西，這篇應該也不會例外。

我就從麵包店開始說起吧：

有陣子我固定在同一家麵包店買麵包。有一天，在夾麵包時，聽到賣麵包的小姐正在對人示愛。那是使出了渾身解數，既辣又甜，恩媚並施，毫不含糊的大放電。

我是張愛玲教出來的好學生，對於勇於爭取自身性慾幸福的女人，肅然起敬。此外，打斷任何人的發情時光，除了不智，更是不仁。因此，我就延長了一分鐘就可以完結的買麵包任務——希望在我任務完成之前，小姐的求愛任務可以先有斬獲。無奈，那就是人們說的「俏眉眼做給瞎子看」的場面，她面前的男人，只會一逕傻笑。我都把整本《怨女》的經典場面在心中複習一遍了，他還沒半點表示。再支持性自由，我總也不能永遠地買麵包下去吧！

男人看來也不是毫無意思，至少他一直站在那裡。我把麵包拿去付帳時，心中對賣麵包的小姐，有無比的心疼。麵包交給小姐後，我想我畢竟為兩位的性愛幸福付出時間，就讓我至少看看這男人的樣子吧。——沒什麼好看，他還在傻笑——兩個人長得都不壞，只是男女方的傳情能力，也太懸殊了。

我不是活潑到會為這種事敲邊鼓的人。戀愛總得自己上陣，老靠別人敲邊鼓，是不成的。然後，就發生了一件事。小姐在找我錢的時候，狠打了我的手一下！——長這麼大，從來沒在買東西時還挨打！但我也不是沉不住氣到會叫喊的人。我心知肚明，現場發生了什麼事。

換成我，首先我就沒有在第三人在場時，還率真求愛的氣魄；其次，將心比心，要是這番挫敗是我落在別人眼裡，我也多少要氣苦的。「麻油西施」性慾找不到出口之時，不也拿她妯娌又擰又掐嗎？更何況，之所以在大庭廣眾之下求愛，不也因為某種勞動條件的限制？再一次，我用張愛玲，全心為他們兩人默禱。

後來，好一陣子，我都不去同一家麵包店了。我可不愛挨打。「性是多麼暴力的東西啊！」我對自己說：「性挫折雖然極端隱密，但還是真實存在。」後來，我又恢復去買麵包（世上畢竟沒有太多家麵包店），小姐每次都賣力對我溫柔。我的個性是你來我往一次就算扯平了，早就當她已道歉。可後來，她仍不斷試圖多做點什麼——還在愧疚。

即使為人妻、為人母、為人祖嬤，慾力並不會停止作用——由於女人較少在文化中找到性的支援，對性挫折的反應，難免千奇百怪——我也是到了一定年紀，才看得出端倪，年輕時，壓根不懂。只會覺得莫名其妙。

在法國的搖滾雜誌看到一道標題：人們都以為性在我們社會無所不在，其實只是裸女圖像無所不在而已。──裸男圖像固然也急起直追，不過混淆性圖像與性，這問題確實存在。

「性」與「字」恆常存在對抗的關係。由於字有象徵作用，勢必離降身體性與慾力，寫性的難處，就是寫出來總冒著已經變成他物的危險：都曰是「性」，但卻有可能使人認不出是「性」──然而，也有反過來的情形，就是「字」幫助性的注意與反應，使「性」活躍或深化。〈性意思史〉的十二篇寫完之後，我仍覺心有不足，花了數月長考，決定要繼續處理這個兩難。素材是早就有的，唯一反覆考慮的就是觀點。在〈性意思史〉中，為了避免書寫帶有我通常不贊成的普世性，我選定了路易這個人物，即便沒有特別標出，那是「路易的性意思史」，也足夠讓讀者辨識，寫的是一時一地，在特定背景的小歷史。但只要還運用第三人稱，就很難完全撤除窺伺的成分──要對抗小說先天的視覺傾向，做到一定程度的反視覺，還是必須使用第一人稱的

「我」。這就是〈風流韻事〉。

皮亞拉的電影中，床戲完，男主角道：「我高潮了。」——這是了不起的一幕：是「我」高潮了，觀眾們，你們只是在看。要性要自己去性，看是不夠性的。好個電影殺手性教練。

在寫〈淫婦不是一天造成的〉時，素材也沒太傷腦筋，但是移到現代後，白玉蓮對潘金蓮會是什麼感情？這會反應在她使用對方名字的方式。若叫她金蓮阿蓮小蓮蓮，我覺得都無法過關。整整折騰了一天，我心中的白玉蓮喊出：「潘潘！」——我就知道可以寫了。——整篇小說，最厚工的是這兩個字。

路易的名字也是。我非常喜歡黃淑嫻一篇很不典型的短篇小說，叫做〈她爸爸是個購物狂〉，收在《中環人》裡面。在寫作坊時，我曾分析它——這就是小說，小說就是沒有什麼非寫非不寫——更根本來說，破壞故事就是小說。但要夠有意識地做它——要採取典型小說的寫法也不是不可以，但兩種意識是不一樣的。

因為太喜歡這篇小說了，我長年就起意要寫個用「路易莎」（〈她爸爸是個購物狂〉中的主角名）做人物名字的小說，後來是「路易」，並沒有機會轉到「路易莎」（也許以後還有機會）——並沒有要傳承或影射，只是因為我必須對人物有感情——而我的感情，是這樣養起來的。

由於我有過在小說中處理性暴力的紀錄，某些讀者也有總是將我書寫一以貫之的慣性（此意同女同志面向）——其實這是你家的事，我根本管不著。不過，我本人並不以為有什麼「以貫之的義務——若說我怎麼想，《性意思史》雖仍點了性暴力的名，但真正關注的是性的暴力。「性暴力」與「性的暴力」只有一字之差，但後者指的是任何慾力對人都可能造成或明或暗的壓力，某些情況下，體驗就是暴力的。我在麵包店挨打，就是性的暴力有一部分卸載到不相干的敝人身上。《好色一代男》中的阿七還燒了自家呢，挨打還算好的。——真可謂古有明訓。

要參觀小說的後台是參觀不完的。這樣的參觀有意義嗎？我也不知道，就此打住。

二〇一九年四月十五日

〈附錄〉

在性意思間繼續摩擦：如果妳我本是雙頭龍

葉佳怡／張亦絢

第一信

亦絢好，

讓我自己吃驚的是，我讀《性意思史》的速度慢很多。而對於這樣的吃驚，我重新有了反省，原因似乎是我在序裡讀到，妳感到「為少女而寫」這件事，「有其刻不容緩的急迫性」，我就因為「少女」這個詞，而產生了某種過於輕快的想像：我好像錯以為「少女」代表了某種較為簡便的事物。

當然，小說裡出現的幾個少女，確實用她們對於身體感受的敏銳觀察，輕快跳躍過許多刻板印象可能造就的限制。比如關於「發現異性」跟「性慾」之間的差別描述，又或者將自慰的高潮說成「餵自己吃的糖與她飆飛的瀑布」。但是，關於少女及這些長大後的少女，是如何對「性」、「性別」或「女性主義」有所接觸、認識，或感到困惑的過程，我幾乎有種在使用放大鏡，去重新檢視自己少女時期的錯覺，以至於愈讀愈慢，而回憶中的許多畫面和受到的情感衝擊，似乎也因此跟故事出現了某種疊合及對話。

若說《愛的不久時》之於我而言，是一封重新理解身體界線的情書，而《永別書》看到的是性別、政治、國族歷史及個人記憶的辯證，《性意思史》似乎像一種「世故的倒帶手法」，去幫助讀者再一次發現「性」。而少女是在這個過程中產生的一套輕巧編碼系統，透過這樣的編碼系統，讀者幾乎可以回到「性別角色」之前的「前性別」的時期，去撫摸到關於人的「樣子」的各種曖昧邊角。這是妳希望達成的效果嗎？當妳說「為少女而寫」時，想像的是類似的或其他的效果嗎？

佳怡

第二信

佳怡好，

聽到讀得慢，我立刻想到就是：好呀，至少王文興會贊成吧。事實上，每回我聽說有人讀我的小說「讀得慢」，都會惶惑，想問發生什麼事。這次難得有妳給的情報。我想這應該並不是小說艱澀才是，我始終都想寫一種在美容院剪頭髮時，就可以讀的文字——不需要太正襟危坐。

可是究竟會不會造成如妳所形容的「捲入效應」，喚起讀者自己的性身世記憶，造成身心流速的變化，雖然希望「最好是有」，但那全看讀者。在我這邊，是沒法想像的。我老是愛引妳的書名《不安全的慾望》，我會猜，妳所謂的「慢」，可能不只是受到「少女」這詞的干擾——忽然想到書名如果叫做「少女與性」，可以誤導得更厲害，就是讓人以為是種保健室的「安全談話」，但完全不是——我的意思是，「變慢」會不會也是因為感到不安全呢？這並不是傳統媽媽經的那種「性不安全」，而是任何思考、感情、行動或是性慾望，本來就該是不安全的……。就連知識也該是不安全的。

妳用的「前性別」一詞，讓我大吃一驚——我腦中從未出現過，我要處理「前性別」這麼具體的想法。但仔細一想，真有種「我叵測的居心，被葉佳怡一下翻譯出來」的感覺，哈。

我本來想跟妳開玩笑說，「妳不是我想像裡的那種少女啦」，但說老實話，這本小說也並不是沒有「把妳寫進去」的意圖在，這不是要爆妳的任何卦，而是說曾感覺到「嗯，佳怡在想這個問題呢……」，就會收在心裡，寫作時就會去對應——不是回答，我比較覺得是對應。也有點像，覺得妳在砍什麼荊棘，我也出手來砍一下，類似這樣。荊棘可能各不相同，小說也有各種變形與加工，所以要還原過程不太可能，且整個很抽象，但這層淵源確實存在。當然妳不是唯一淵源，菜市場賣魚的某少女等等之類不勝枚舉，也都曾刺激書寫。現在談著，這類回憶才浮現。

至於要達成什麼效果，只能說，是有很嚴厲的要求。那比較關乎如何給出不一樣的空間，讓固著之物動搖（以前動不動就有人被責「動搖國本」，結果使我覺得「動搖」兩字非常好）——其他就不曉得了。但「前性別」是關鍵詞沒錯。

亦絢

第三信

亦絢好，

說到「動搖」，我讀了〈淫婦不是一天造成的〉跟〈四十三層樓〉之後，忍不住把潘潘跟十二月做了對照，內心確實也感到某種「動搖」。在我的詮釋中，潘潘面對的性挫折（不是興奮「有做到愛」，就是憤怒「沒做到愛」），跟十二月聽到「我」對他說，「你不是妓男，我不要你這樣做」時流下的淚水，似乎都能連結到某種受過創傷的匱缺。

在他們的處境中，性挫折與其說是來自具體想要「投射性想像」的對象，反而更像是面對自己某部分的空無。潘潘的空無，來自你在《性意思史》裡仍點了名的「性暴力」，十二月的過往則沒有出現在故事裡，我們只能從「我」的解讀裡稍稍理解他可能的狀態。而這個沒有寫明，讓十二月彷彿一個隱喻。於是在一個明明有可能成為性暴力的場景裡，他比起像是個「想要做些什麼的人」，更像「從某處入侵而來的欲念」。承此，最後那顆枕頭也以隱喻的姿態讓一切都變得非常、非常溫柔：兩個在當下欲求不滿的人，用彼此陪伴，但誰也不占誰便宜的方式，承接住了自己的性。

但讀完之後，我一邊驚異於結尾的轉折，一邊又覺得，你的小說裡不常出現這種「可能是任何一種人。任何性別」而且完全不為自己發言的角色。你的角色無論出場時間多短，通常都會有非常屬於自己的獨特、清晰樣貌。十二月是小說家所設計的一個隱喻嗎？而十二月對「我」做的事，也是對「性暴力」的刻板印象可能進行的一種動搖嗎？

佳怡

第四信

佳怡好，

這篇的想法是，會給字母會足夠的交代，但我就還是寫想寫的。所以我是在「有待完成的小說」清單中，選了合乎兩個條件的素材。十二月「完全不為自己發言」，因為弱到一定程度的人，就是沒有條件說話。其存在「被迫」與「自迫」都是不語。「我」可能強迫其開口——可是「我」對暴力有認知，所以她會對十二月說話，但把語言的暴力降到最低。這樣寫的原因，在於我認為兩者的關係仍是語言的，十二月的沉默是在語言中的沉默。我看重它一如看重語言。「無法對某人說話」，已是比「無法對無人說話」好的狀況。十二月是有語言的，只是「還沒到可以說的時候」。其獨特，或許只在其時間性，那種上不著村下不著地的時間。其模糊或表面，是社會條件的現實。

影子總是來自人。

我在咖啡廳就聽到過兩個女人討論制裁女兒，因為女兒收容性別很怪的人。但她們都認為自己「不恐同」，而是女兒生活沒目標——但在我聽來，「性別很怪」的人就是女兒被轟的主因。光是作為收容者的那個女兒就很慘。雖然覺得那個女兒很無助吧，但在咖啡廳裡介入也很難。總之，我有一堆收容者的故事（顯示為耳朵超級長）。傳統的人道傾向，會讓十二月有一個故事——但我的焦點是「接觸者」，在混沌中是否還能「保持非選擇性的接觸」的問題。這是如今複雜的現代生活，隨時隨地都會遇到的困難。我們必須在無從判斷時還是判斷。雖然小說可能被提取隱喻與概念，但我自己寫小說是沒概念且不隱喻的——概念與隱喻可能是巧合吧！我想起有次（陳）栢青套我話差點套成功，我要順著他，他就會知道「太」多。但對我來說，某些細節還給你，就不是小說了。我於是警覺而閉嘴。有時我堅持人物似真如幻的特質，因為那是小說「約定的考驗」。十二月有某種空的狀態，因為在某種情境中相遇的人，本身非空，但有脈絡的「空」，填滿反而有問題。

意識到可能作為性暴力侵犯者的是「我」，而不是十二月，這是一種動搖嗎？如果妳被動搖，就是動搖吧？

亦絢

第五信

亦絢好：

我突然想到，《永別書》出版的時候，《秘密讀者》有篇書評稱讚這部小說「誠實」，但又強調「並不代表說的是實話或真正存在這件事情。而是關於國族與性別，不誠實的話遠比誠實的多」。如果改寫這句話來談《性意思史》，我的感覺是，關於「性」這件事，不誠實的話也遠比誠實的多。就像你提到的那個在咖啡店內想要制裁女兒的女子，又或者像路易的父親，擔心因為公事上酒家而顯得不夠「正人君子」，但又會直接嫌棄西餐廳女服務生：「旗袍開衩太低，為什麼不開高一點？」

所謂的不誠實，有時候像那名女子，是無法面對自己因為「性」產生的恐慌心態。有時候像路易的父親，是一種標準的不一致。又有些時候，可能是還沒找到對應的語言。比如路易深受沛吸引，但別人問她是不是同性戀時，她否認，但只是因為她不知道什麼是同性戀，也不知道「同性情慾」也是情慾。

而我感覺在你的這幾篇小說中，所謂的誠實，就是將這些潛在的落差揭露出來，尤其在〈性意思史〉中，我更因為這些落差，感受到路易跟每個人的情感，比如她對沛的情慾否定，其實更肯定了那份情慾；她跟凱凱分手時說了謊，騙她不是為了「性」跟她分手，還「把跟男人的性說得很不好」，其實是為了她未來的性心理著想；她不把柳香變成性奴，不是因為沒有慾望，而是遵循著性良知，不去佔她便宜。關於「性」，關於「我們在無從判斷時還是判斷」的困難中，盡可能地保持誠實，而且用關愛自己及他人生命的方式保持誠實，會是你想透過小說去傳達出的一種可能性嗎？

佳怡

第六信

佳怡好，

這些小說只關愛「性自己」及他人的「性生命」啦。為什麼強調「性」呢，主要是我發現，許多事物，仍因為「性」卡住，但也有另一種相反傾向，所謂「性大於一切」，又造成對其他事物的貶低忽略——這個傾向的副作用，就是例如認為膽怯不可以、保守就壞、羞恥必逐、不確定就不耐煩、哀傷太低級——簡言之，就是「感情不可」。我想克服的確實就是對性與感情「兩者必擇一」的這種方便慣性。

有次我在文學獎評審看到非常棒的寫性文字，只因為作者寫私情（戀愛）也頗「誠實」地痛苦，就被其他人認為不夠時代、不是反叛，好像一個人敢性之後也要金剛不壞，我認為這就是「性的仙丹化」錯覺；或是我也滿尊敬、對性別運動不遺餘力的劇評家，認為某女主角既成長於特種行業，必有很大性語言資本，不可能表現出不強悍（我就至少想得出八百萬種可能）——對於這些，我都滿反對——不是反對女性主義勇敢的立場，而是反對其中的想當然耳與女性主義的迷思化——性沒那麼單純，也不該變成某種「理想的戰鬥頭盔」。

我覺得這一系列的問題非常嚴重，也不是針對幾篇作品跟人吵吵架就能解決。這牽涉到一大塊未被工作過的區域。我一直累積各種「實際的資料」，但也不是有資料就寫，動力是想處理上述問題。妳用的「落差」兩字非常好，「性意思」並不存在單字單句，而是在種種落差之中。這不是會被誤以為道德論立場的「誠實」就能便宜行事的——「要做工」比「要誠實」更是我的想法。我可能沒有熱心或好為人師到要鼓勵大家保持誠實。至於「要做工」，我也更在乎「做工」的多元更新，也就是不是做與先前一模一樣的事就叫做「做工」，做工就是「做差異」。傳統「性的感情」讓人以為就等於「對性對象的感情」；妳舉的幾個例子裡，最關鍵的就是「對於並不是性對象的人，也抱有的感情」——那些感情，我想並不是路易在「對人好」，她就也還是在完成自己的「性」對話。

我認為一般人也會在不同主題上，經過類似的「性之難」，但會讓它們落入遺忘或無語之中。我做的是讓它保有語言形式，讓它取得象徵位置。人都有簡單的象徵能力，但複雜的象徵能力，就會與歷史文化的累積與累積的不公平更加相關，而那會根本性地導致有些人一蹶不振，有些人百戰百勝（不是勝負的勝，而是「摔倒是遊戲」的生命力）。這就是「象徵能力與存活機制」啦。（顯示鬼臉。我只要寫正經的就會很想笑。）現在因為寫出來了，就覺得「這沒那麼難嘛」——但當初在寫時，每一步都感覺到類似心理跳欄那樣的辛苦呢。人家是聽見花開的聲音，寫凱凱那段，我幾乎是一邊寫一邊「聽見心碎的聲音」，喀拉喀拉像有人嚼冰塊。我的回答是「不全是保持誠實，而是保持象徵能力」。

亦絢

第七信

亦絢好，

看到「做工」就是「做差異」，我忍不住不停點頭。我相信差異是滋養「多元」的養分。這裡的多元可以是各種分類上的多元，無論是性的，性別的，還是性傾向的（你知道這裡可以無止境寫下去）。不過你在〈性意思史〉裡也提到，多元的基礎是雙元，尤其放到個人層面，是永遠在認知中保持「我」也有「非我」的空間。有趣的是，緊接著下一個故事〈風流韻事〉，講的卻是「我」的雙重人生，而這裡的「不是我的我」，則是以另一種相對於「我」對照座標出現。兩個故事感覺就像循不同的路徑，從「我」出發，卻又一次次回到「我」本身。

至於這個「我」，在看完〈風流韻事〉之後，我想到了卡通人物「海綿寶寶」說過的一句話：「抱歉，先生，你坐的是我的身體，也是我的臉。」故事中的「我」在找自己的身體，找那個讓自己活下去的「生命」，最後終於把「牆」打破，不但因此看到了牆另一邊的「人」，而在我看來，「我」不只看到了其他人，也等於回到「我」本身，真正找到自己那具「靈了」的身體。而這個結果若要具象化，簡直就像那個「身體＝臉」的海綿寶寶一樣！若這樣一想，海綿寶寶的外型設定還真是「人格化性慾」的化身呀。

由於〈性意思史〉和〈風流韻事〉這兩個故事的關係很緊密，我忍不住還是想探入小說家後台一問：雖然關於人稱設定的差別，你在後記中解釋了，但從〈風流韻事〉的細節中，我們知道，「我」就是被愛麗思喚作「路路」的路易，那麼，關於〈性意思史〉寫完之後感到的不足，為什麼不能用一個新的角色發起呢？這樣的設定，是期待讀者在兩篇當中尋找各種對照的線索嗎？又或者，也是一種彼此纏繞的「雙元」嗎？

佳怡

第八信

佳怡好，

寫到這裡，我忍不住想說，如此對談還真是過癮——妳問的很是要點。有一年顏訥在她的新書發表會上問，（我們）女生想到自慰還是會有點羞恥吧？我回答她道：不，這並不一定。以她在公開場合提問的勇氣論，我的回答稍嫌拘束，但關於路易與性意思史的藍圖那時已在我心中醞釀，我反而不好意思先透露相關訊息。這還包括近年我終於提起勇氣讀《邱妙津日記》，讓我非常吃驚與傷懷的是，邱在與性相關的部分，處於訊息相當匱乏的孤寂狀態，比如她仍無法想像，女性性高潮可以完全不靠陰莖介入——這兩個例子是什麼意思呢？意思是，由於性在自然（性慾只有自己知道）與人工（文化的掩飾或貶抑）加諸它的雙重不可見性，我們很不容易知道它的實況：不知道誰知道什麼，誰不知道什麼。無論預設年長知道更多，或年少忌諱更少，預設都可能是錯的。所以〈性意思史〉的原始設計，帶有一定的任務取向，希望拉出一個「少女在十五歲之前對性有的最低限度意識」——知識不是重點，只要心智不被打壓，求知並不難，我希望完成一個「反打壓少女心智」的性心理基礎。雖然都有些小故事，但背後為少女儲備資源的實用考慮，才是推展文字的軸線。照顧我能想到的一般「性弱勢問題」：比如妳有開明的母親，我就不管妳了，但如果妳的母女關係使妳對性更緊張茫然，這就是社會標準看不見，但我定義的「性資源弱勢」。

——這裡我再岔開說顏訥（抱歉了顏訥），顏訥的母親據說很開明，但對顏訥的效果卻還是不佳——這個問題國外研究得比較多，就是父母不管多正面，有可能就不是性知識傳承的適當人選——這既不是父母本身不夠好，也不是子女特別不受教，而有許多其他性的教育心理學因素——所以新的重點就出來了：第三方的介入非常重要——文藝就可看作第三方，如果家庭與學校做了白工或反教育，第三方的補破網就是另一道防線。

但這樣寫下來，我卻發現我有一個「刪節版」不斷累積，這個刪節版是因為一開始中性的語調，不能有效承載性的某些更「隱密無情」的面向。所以，〈風流韻事〉在本質上就是〈性意思史〉的補篇與下集，但不是聊備一格，我在寫時有了更深一層的領悟，就是「復原刪節版」真是最最值得做的一件事，當然完全不考慮另用新角色——在雙篇上，我沒有非常強的意圖，要讀者做點對點，我稱為「小形式」的對照——所以並不強化「兩／雙元版本」的形式感——但我確實有寄託「大形式」的思考——那個大形式就是：文本總是不完整的——「說／寫兩遍」效果，就是讓讀者知道，凡文本都有遺漏，是書寫皆藏一手，永遠不要以為「全都在此」。之所以做大形式不做小形式，還有一個根本的原因在於，我是注意形式的非形式主義者：如果寫成如〈羅生門〉那麼形式主義的東西，大家高興或崇拜形式的純淨極致而使內容順利降級——這就非我所願。雖然我也愛芥川，但絕對的形式主義太奢侈，我是勤儉持家的客家人（笑）。

亦絢

第九信

亦絢好，

沒想到不知不覺也到最後一封信了，真不想結束！看到你說邱妙津曾無法想像，女性的性高潮可以完全不靠陰莖介入時，我想到最近看了一個YouTube頻道，頻道主是兩位自我認同為T的女生。她們某次在面對一對看起來長髮模樣的女同伴侶時，真誠地問了「性生活對你們重要嗎」？而底下的留言也不停有人問「你們會用雙頭龍嗎」？這些提問都不帶惡意，但就像你在〈風流韻事〉中提到「男人有兩根陰莖」，某種程度而言，以「陰莖」為中心的性生活想像，彷彿也幫「人們印象中的T」裝配了一根隱形的陰莖。只是男人的那根隱形陰莖，是接受挑逗的；T被人（或被自己）想像出來的那根陰莖，卻常是用來當作某種可以執行「典型性生活」的認證。當然，誰想要一根隱形的陰莖，我其實覺得都無妨（現在對T的想像也不見得那麼單一了，像是「沛」一樣的存在好像也比較能自然生長出來了），但若是放在一切性遊戲的絕對中心，「少女在十五歲之前對性有的最低限度意識」，大概就很難靠自己建立起來了。畢竟一個人不管想建設些什麼，總還是得有個中心才行。

既然回到第一封信談的少女，最後果然還是不免俗得回頭來談談書名。根據〈性意思史〉中提到，「她記得在小孩口中，有時沒有性意思的話，會如何被大人錯誤判讀」，所以所謂「性意思」，應該就是「帶有性的意思的一切事物」。你一開始是怎麼開始使用這個詞彙的呢？這是一個為了小說而生的詞彙嗎？另外，在網路資訊比之前更為爆炸的年代，少女在十五歲以前接受到的知識應該會比十年、二十年前多很多的年代，你覺得會因此讓每個人的「性意思史」遇上不同的挑戰嗎？又或者，我以一名張亦絢小說的粉絲身分提問：你有可能繼續去處理少女在不同時代面對的性意思史的主題嗎？

最後，作為一名自炊新手，我還是忍不住想知道：為什麼這麼想在小說中寫「醬油」呀？醋不行嗎？有些蠔油還帶干貝絲呢！

佳怡

第十信

佳怡好，

啊，問題很多很有趣。從最簡單的開始。蠔油不可能，它發明了一百多年，但它偏高檔，它流行的年代是相對晚的；醋不行，意象太豐富，會讓隱喻狂乘虛而入（笑）——但以上回答都是逗妳的。妳的套話能力跟阿青（栢青）不相上下，算被妳感動好了，我覺得這一節坦誠也無妨，醬油就是真實取材。我覺得沒必要更動，所以不但是醬油，還是原封的。有沒可能繼續這類主題？我對日治過渡到終戰後那段很感興趣，但我的日文學得七零八落，這是嚴重的限制。或許會因此痛苦放棄。相對於妳問的時代，這幾年我對地理的形塑更感興趣，《靜寂工人》不是小說，但它很有發展成小說的張力；對竹東與埔里，我都覺得可寫，可那就先要設法在那住之類之類。

資訊爆炸的挑戰。現在很容易聽到有人反應,「網路上什麼都有」——這不是真的。現在來看,若把形塑心智的力量分成網上的與網外的——某些網上的影響優勢並不是真正的選擇,而是因為網外力量的匱乏——比如四周環境沒給資源,不得已才上網。古時候是放逐到遠方,現在會不會出現放逐到網路的「無形之刑」?如果已經配備不錯的心智,資訊是很有用的;可是一般資訊,不見得會教人勇敢、內省或懷疑——甚至不見得教人自我對話。我很驚奇讀到一篇研究,把嬰兒放在電視機前,嬰兒並不能學會說話,真人在人發展中的關鍵性可能還是太不被了解。以性做類似研究可能太困難,但還是該保持想像。我邊上網邊修好冰箱,覺得網路真好,但更認真想,人生中修好許多事物,靠的仍是與真人互動。有些知識做得很細膩了,比如有做成像攝影腳架的陰蒂模型,我看了喜歡,但並沒把它放到小說裡,在外部資訊之前,我覺得有更迫切的東西,類似個人「性結構感」的方法學,《性意思史》並沒要給出最好的性結構,而是希望讓讀者有機會看到:咦?有這種可能,而也試著組合屬於自己的。

我完全明白妳就陰莖與T的論述。這是很不容易的分析，妳卻做得漂亮到位。（給大心）這樣聰慧的再延異，幾乎就是我書寫時最期望的觸發。我同意妳說那並非惡意，但我認為它就還是性歧視，就是看待女性化的性就像鬼，要通天眼才能「看到」，然後也有一整套男性中心的性標準，不斷要求視覺上的兌現，而且就算以千百種方式看見之後，還會「不相信」。真應該明說，看不到，問題在看不到的人，不是被看的人。但這樣說太意氣了。內部歧視往往也來自大環境的缺陷傳統。我有過另外兩個小說的草圖，一個是全面女體中心的詞語重整；一個是針對T的主題——但《性意思史》寫作前，我就決定先把它們隔開，因為它們對我來說是專題（但以後也不見得就會寫，寫作太磨人了），不在導論的東西太深入。但我還是有讓它們進來一點。比如對「水」的執著重視，對偶性及其大小不均的感受——妳說的「有個中心」，在小說裡，其實比較是「要有多個中心」。

關於「兩根陰莖」，還可以有非常多翻轉，但我偏重的是讓女人可以自然對其「發語」，重點可以在男人，也可以在女人。小說中路易只是用它來言說一個現象，路易還覺得在女人的胸部中就有世上所有的形狀呢。現在的年輕女生，可以在輕鬆的氣氛裡說，「那一根有什麼了不起」。但這是比較簡單的。女人要了解自己的性，也要判斷他人的性，而且不是為了做或不做，而是要能了解整體情勢，即使妳不在情愛關係裡，妳能做一個知「性」者，妳也比較能自主——如果文化老是教女人看男人只是去性化的「好爸爸」，妳也許會很快樂，但不會有洞察力——沒有洞察力的快樂，偶爾也會變成危險的自愚。陰莖或任何性詞都屬於所有人，發揮想像，只要不是汙衊，都是好的。（如果有特定原因要汙衊，那也在表達自由的範圍）陰莖就只是陰莖，與陰蒂一樣應該更加自由論及，若是非常反寫實，也可能就是詩。也有主張女性根本就有陰莖，意思接近陰莖分懸掛與內建兩式，女性的是內建（還有剖面圖解證）。但這些太集中在對性器官的詮釋，因為我並不想寫「性的說文解字」，其他書已有此功能，所以我並不聚焦在這。

最後，我並沒有想很多就給出「性意思史」這個題目，如果真要說有什麼，可能就是我很愛講一個笑話：我在二十歲之前就認真讀完了傅柯的《性意識史》——完全不是要否定傅柯，但我當年想要了解的「性」，《性意識史》一個字都沒幫到。《性意識史》在我想到性的時候，永遠佔有一席之地，因為它標誌了我曾多麼匱乏與求助無門。

亦絢

致謝

首先，我最要感謝的是編輯瓊如，如果不是她不斷適時給予我明快且堅定的建議，完全不會有這本書。謝謝朱疋設計了每一筆畫都會說話的書封，當我看到綠色、無以名之的草勾勾，那彷彿剛發明、意義未定的遠古文字，令我感動得快要哭出來。如同佳怡用心寫的每一封信，妳們都給了這本書，新的「性意思」。我也想謝謝《房思琪的初戀樂園》的編輯張蘊方，妳不為人知的努力與寬厚，是多麼珍貴的力量，我希望自己能永遠記住。我真的很愛妳們。

謝謝素未謀面的淑婷與蔚昀慷慨答應推薦——和蔚昀是517那天才在立法院外偶然相遇。妳們對性別與兒童人權的不遺餘力，始終令我感念在心，也是鼓勵我的力量。先後協助〈性意思史〉專欄出刊的兩位編輯（林）新惠與（劉）羽軒，作為專欄的第一位讀者，每個月都遞送給我溫暖的招呼呢，謝謝妳們。謝謝凱麟與以「字母會」為中心擴散出去的諸君，你們都曾以不同的方式使我柔軟。謝謝栢青從我們第一次見面以來，始終都如此迷人可愛，即使吐槽我時，也不例外；謝謝梓評，不但在我說笑話時會笑，在我不是說笑話時也會笑（真不知你是什麼意思）——謝謝你既懂得保護我，也懂得出賣我——如果「知情更淫」，我實在就該把這知情者的寶座，歸於你。

性意思史

作者　張亦絢

副社長　陳瀅如
總編輯　戴偉傑
責任編輯　陳瓊如
校對　魏秋綢
行銷企畫　陳雅雯、趙鴻祐、張詠晶、張偉豪
封面設計　朱疋
內文排版　宸遠彩藝
印刷　呈靖印刷股份有限公司

出版　木馬文化事業股份有限公司
發行　遠足文化事業股份有限公司（讀書共和國出版集團）
地址　231023 新北市新店區民權路 108-4 號 8 樓
電話　02-2218-1417
傳真　02-2218-0727
客服信箱　service@bookrep.com.tw
客服專線　0800-221-029
郵撥帳號　19588272 木馬文化事業股份有限公司
法律顧問　華洋法律事務所　蘇文生律師

初版一刷　2019 年 7 月
初版七刷　2024 年 12 月
定價　NT$340
ISBN　978-986-359-694-3（平裝、EPUB）

國家圖書館出版品預行編目

性意思史 : 張亦絢短篇小說集 / 張亦絢著 . -- 初版 . -- 新北市 : 木馬文化出版 : 遠足文化發行 , 2019.07
240 面 ; 14.8×21 公分

ISBN 978-986-359-694-3(平裝)

863.57 108009819